CHARACTER FILE
青流
一次暴力無法解決的事，就用第二次
身分：星輝文化主編
年齡：28歲
興趣：做鉤針娃娃
CHARACTER PROFILE
MAGICAL BOY EDITOR

墨漣
我要保護你！
身分：明月文化的新人編輯
年齡：謎
興趣：保護青流
CHARACTER
PROFILE

CHARACTER FILE
MAGICAL
藍聆
變身後的我，美貌無人能敵
身分：星輝文化編輯
年齡：25歲
興趣：網購女裝
CHARACTER PROFILE
MAGICAL BOY EDITOR

橙華
我什麼都不多，就是錢最多
身分：星輝文化總編兼發行人
年齡：28歲
興趣：用錢擺平一切
CHARACTER PROFILE

GOBOOKS
& SITAK
GROUP©

GOBOOKS
& SITAK
GROUP©

三日月書版

三日月書版

編輯是魔法少年
酒月酒 Novel.
さくしゃ2 Illus
編集者は魔法少年
輕世代
FW280
三日月書版
MAGICAL BOY EDITO

[MAGICAL BOY EDITOR]

CONTENTS

MAGICAL BODY EDITOR

編輯是魔法少年

編集者は魔法少年

編集者は魔法少年

[Prologue]

MAGICAL BOY EDITOR

人生就像一盒巧克力，你永遠不知道會吃到什麼口味。

就像青流，會計系畢業，本該走金融或商業路線的大好青年，卻因為青梅竹馬的煽動而導致人生的路線一歪，失足落進出版業裡。

「我前世一定造了不少孽，今生才會來當編輯。」這是青流最常對青梅竹馬碎念的話。

而他的青梅竹馬，星輝文化的發行人兼總編輯總會笑嘻嘻地說——

「青小流啊，你就當成做功德幫幫我嘛，我人手不足，總得找個信任的讓我壓榨一下……喔，不是，是陪我一起出生入死。」

「我聽到妳的真心話了。還有，去妳的人手不足！除了我跟藍聆之外，整間公司都是妳家女僕，連會計都是妳的管家，壓榨我有什麼意義？」青流翻著白眼，手中的藍筆指向外頭的編輯部、行銷部、企劃部，數十名身穿黑白女僕裝的美麗女性正專心致志地埋首工作，遠一些的會計辦公桌後面則坐著一名頭髮花白、面容慈藹的老者。

聽到青流冷冷的質問，坐在黑色皮椅上，打扮中性、嘴角下帶有一點黑色小痣的短髮女性挑了下眉毛，英氣爽朗的面孔透出譴責神色。

「難道你要我去欺負我家可愛的女僕嗎？她們為我勤勤懇懇地校稿，我疼她們都來不及了。」

「去死吧。」這三個字已經快變成青流對橙華的日常問候語了。

但也是因為兩人青梅竹馬的情誼擺在那，所以青流大都是嘴裡罵著，順道送幾記刀子眼過去，然後就繼續看起稿子，頂多時不時再踢隔壁的藍聆一腳，把上班逛衣服網拍的學弟兼同事踢得回神工作。

相比起校稿編輯的數量，審稿編輯實在少得可憐，三根手指數得過來，一是總編橙華，二是主編青流，三是文編藍聆。

兩邊比例會嚴重失衡，全是因為橙華的一句話。

「我喜歡三個數字，有一就二，有二就有三，無三不成禮。比起五色戰隊，我更喜歡三人菁英小組這種概念，所以負責審稿的編輯只要三個就夠了，反正我們出書量又不多。」

出書量不多，不等於工作量不多。

青流不需要校稿，但他需要審稿、看稿、列修稿意見與作者溝通，以及跟行銷討論宣傳方法，還要負責看藍圖、排檔期、擬企劃、做宣傳，時不時擔任粉絲團的臨時客服與讀者們搏感情。

Photoshop、InDesign 等軟體更要運用自如。

一個編輯就是要這麼十項全能。

因此比起橙華鼓吹的無三不成禮，青流更想湊個四喜臨門，多一個人來分他幾近爆掉的稿量。

於是每次經過橙華的座位時，他就會左一句「新人」，右一句「面試」，語調都是陰森森、輕飄飄，自帶《大白鯊》背景音樂。

橙華不得不舉雙手投降，「好好好，青小流乖，我立刻去弄七、八個應徵者來讓你面試，讓你可以濫用特權欺負新人。」

兩人都沒有提起藍聆這個進來兩年多的文編。雖然與新人兩字勉強可以劃上等號，但藍聆是青流大學的社團學弟，交情擺在那邊，欺負起來沒什麼意思。

在橙華的拍板之下，相隔兩年的面試終於再次展開。

青流端坐在會議室裡，看著三根手指頭數得完的電子履歷，眉頭皺了起來。他個子高瘦、外表凶惡，一雙眼睛揚起時更有獰光閃過，此時眉間刻出了川字形，散發出的陰沉氣息讓他看起就像個討債的。

好在青流對自己的外表很有自知之明，為免嚇到面試者，他直接抓了擔任公司門面的藍聆過來陪坐，平衡畫面感。

外貌俊雅、有著一雙桃花眼的藍聆就像畫中走出來的王子，注視人的時候總予人一種深情感，常勾得人臉紅心跳、智商暫時斷線，該說的不該說的統統說出來。

青流要的就是這個效果。

「學長你幫我看看，這件黑的，」藍聆將手機遞給他看，手指滑動，螢幕上的衣服圖片又換了一張，「跟這件白的，哪一件適合我？」

青流勉為其難地分神瞟了幾眼。

藍聆在看的是一個時尚服飾平臺推出的春季新品，黑的酷炫，白的清純，各有特色；最重要的是，這是女裝，給女孩子穿的輕飄飄洋裝。

「馬的，我在這行待那麼久，第一次碰上愛上自己的變態，還是個女裝癖。」青流沒好氣地嘀咕著，但仍舊認真地比較了兩件洋裝，最後選定了白色。

「我也覺得白的好看，那就兩件都買吧！」藍聆心滿意足，將黑洋裝與白洋裝都放入購物車。

「你是問心酸的喔？」青流翻了個白眼，不客氣地在桌子下踹了他一腳。

「沒辦法，我就是覺得我穿起來一定都很美。」藍聆愉快地回道，一點也不在意小腿的疼痛，反正踢著踢著就習慣了。

青流不想跟他說話，繃著臉看向門口。

第一名女性面試者一進入會議室，就先被青流不怒自威的模樣嚇得抱緊包包，只差沒奪門而出；但是一瞥到旁邊的藍聆後，她就紅著臉縮回腳，羞怯怯地坐到椅子上。

藍聆對她微笑一下，隨即又低下頭看著手機螢幕，目光溫柔沉醉。

青流輕咳一聲，開始面試，卻不是一般公司最常問的「妳為什麼選擇我們公司」、「妳對未來的職場生涯有什麼規劃」、「為什麼我們該錄取妳」等基礎問題。

而是——

「妳能接受進公司五年就胖十到二十公斤嗎？」

不是青流隨口掰的，這是業界統計出來的標準數字，凡是進入出版界工作的人都必須面對胖十公斤以上的職場傷害。

面試者臉上的紅暈褪了，神情有點僵。

「妳能接受之後有很大機率得到痔瘡、腕隧道關節炎、頸椎壓迫、內分泌失調嗎？」

「妳能接受半夜隨 CALL 隨到出公差嗎？別擔心，公司有提供加班費。」

「妳能接受同業競爭，公差出到一半時突然遭到背後偷襲嗎？」

一輪問題問下來，面試者的臉色青白交錯，忍不住鼓起勇氣打斷他的話。

「不好意思，你們真的是要應徵審稿編輯嗎？」

「非常確定。」青流的語調沒有動搖，堅定無比，「最後一個問題，妳能接受因公殉職或斷手斷腳的可能性嗎？放心，保險金只高不低。」

面試者一聽，驚恐地從椅子上站起來，頭也不回地走了出去。喀喀喀的高跟鞋踩地聲響得急促，像是有什麼洪水猛獸在追她似的。

接下來的兩人也是如此，懷抱著美好憧憬進來，帶著碎了一地的玻璃心快速離去。

「學長，你這樣不行啦，怎麼可以一開口就跟女孩子提體重提痔瘡呢？」藍聆不贊同地搖搖頭，但眼角餘光仍舊沒有從手機上移開。

「認清現實總比進來不到一個禮拜就想走人好，我要找的是能幫我分擔工作的新人，可不是多找麻煩進來。」青流撇了下唇角，將筆電裡的履歷表檔案移除。

既然可以榮登最想離職的職業第一名，編輯這份工作就絕對不只難在它的繁瑣程度，而是它夜間出公差的特殊性與高風險性。
因公殉職這件事可不是開玩笑的。

編集者は魔法少年

[Scene I]

MAGICAL BOY EDITOR

青流是個編輯，上有光明正大表示要壓榨他的總編，下有外表極負欺騙性且癖好古怪的學弟。

職位卡在中間就表明了他必須勞心勞力的苦命下場。

青流也不是沒有向總編橙華表示他想要再招一個審稿編輯進來幫忙，但想像是豐腴的，現實是骨感的，尤其是他待的是宛如地獄般的出版社，導致只有小貓兩、三隻來應徵。

沒有新人，青流只好認命。

馬的，他進了星輝文化後，最常想的兩個字就是認命。

青流默默嘆口氣，看了看電腦螢幕右下角的時間。他今天與一名女作者約好要在公司碰面，談新書的事。

對方原本是寫輕小說的，也一直以為自己只能寫輕小說，不過在她與青流視訊討論小說內容時，意外看見從青流背後經過的藍聆，被對方的優雅外表迷得少女心大爆發。

然而藍聆已心有所屬，因此在青流的建議下，她化單相思為力量，以藍聆為男主角範本，寫出一本又一本的鬼故事，成功跨領域成為暢銷作者。

青流正準備傳訊息問對方到哪裡了，內線電話就叮鈴鈴地響起，一拿起話筒，優雅悅耳的女聲傳了出來。

「青流先生，有位葛月小姐前來拜訪，是否請她進來？」

每次聽到女僕們對自己的敬稱，青流就忍不住皺起眉頭。好說歹說了無數遍，她們就是不願換稱呼，還義正辭嚴地表示「因為您是橙華大小姐的青梅竹馬，我們自然要敬您護您，這可是藍先生都沒有的待遇」。

青流覺得那個「護」字倒是可以拿掉。

他捏捏眉心，謝過打來告知的女僕，再跟橙華報備一下他待會要使用隔壁的小會議室，就前去接人。

在門口候著的是一名個子嬌小、綁著兩條辮子的可愛女孩，此刻她正緊張地東張西望，眼裡驚嘆掩都掩不住。

「葛月。」青流喊了一聲。

坐在布沙發上的女孩子立即站起，雙手貼在身側，背部也挺得直直的，彷彿一副要見長輩的模樣。

不過在看見喊她的人是青流後，她緊繃的肩膀立即放鬆下來，表情也變得自然多了。

「青流哥，你們公司今天是舉辦女僕日嗎？」她小跑步上前，雖然是挨著青流說話，但一雙眸子還是控制不住地往那些坐在辦公桌前、穿著黑白兩色女僕裝的美麗女性看去。

青流露出一個「妳傻了嗎」的眼神。

「不是女僕日的話，怎麼有那麼多女僕在這裡？每一個都好漂亮啊！」葛月小小聲地感嘆道。

「她們既是我的同事也是總編家的女僕。坐下，我等等回來。」青流領著她進入一間小會議室，開燈關門，拉下百葉窗，又出去端了兩杯水進來，腋下還夾著一臺筆電。

他一進來，葛月連珠砲的詢問就開始發射了。

「青流哥青流哥，總編家的女僕是怎麼回事？除了你跟藍先生，其他編輯都是女僕嗎？我還注意到有一個穿西裝的老爺爺，該不會是執事吧？」

「對。」青流簡潔有力地回答，馬克杯喀的一聲放在桌上，同時還甩出一記凶惡的眼神，「現在在講正事，妳忘了我答應妳過來的條件是什麼嗎？」

「乖乖討論新書大綱，不許隨便八卦。」葛月賣乖討好地看著他。

「還記得就好。對了，我看了妳之前寄的兩個大綱。」青流打開筆電，將螢幕對著兩人，直接切入重點，「妳確定要這樣對藍聆……呃，男主角嗎？」

自從知道葛月對藍聆抱有強烈的愛慕之心——雖然青流覺得稱為迷妹之心可能更恰當——並慫恿她把藍聆當成男主角範本後，他現在都會自動將她小說裡的角色對號入座。

「當然！」一提到小說主角，葛月的眼睛都亮了，立即把女僕與執事拋到一邊，語速又快又充滿自信地侃侃而談，「青流哥，愛他就是要讓他哭啊！你知不知道越是王子系的男生，哭起來越是帶感，越能激起女人的母性愛！」

「我不知道。」青流冷酷地劃清界限，「我也不想去想像那傢伙哭起來的樣子。」

葛月一點也不在意他的冷淡，越說越開心，眼裡像是有星光閃爍，她甚至主動接過滑鼠，開始仔細講解兩個大綱裡的男主角哭泣方式的差別；甚至還插入隨身碟，從資料夾裡開啟她做的合成照。

「停！」青流聽得頭都要痛了，不管藍聆……靠，又弄錯了。不管是主角如何被鬼追著跑，被變態騷擾到淚眼汪汪，他真的不願、不想、不希望腦海裡出現那個比鬼故事還恐怖的畫面。

突如其來的敲門聲如同天籟之音，青流毫不掩飾地大鬆一口氣，連忙起身開門。

「青流先生，大小姐讓我送下午茶過來給您與葛月小姐。」長髮又黑又直的女僕走進會議室裡，對坐在一邊的葛月微微一笑後才放下托盤。

托盤上是一壺香氣四溢的熱茶與兩份草莓鮮奶油蛋糕，紅豔豔的草莓令人食指大動。

女僕一出現，葛月就迅速閉上嘴，乖巧地端坐著，直到對方離開後才把憋著的氣吐出來。

「青流哥，我覺得有錢人真是太萬惡了。」她雙手捉著桌沿，低頭盯著切成三角形、莫名讓人覺得比例完美的蛋糕，唾液不自覺地分泌著。

「吃蛋糕吧。」青流把兩個盤子都推向她。

葛月用叉子切了一塊放進嘴裡嚼了嚼，表情瞬間就變了，一雙眼睛瞪得又圓又大。

「天啊，這滑順如絲的奶油，甜而不膩，吃下去直接在舌頭上化開，完全沒有那種黏稠感。海綿蛋糕蓬鬆又柔軟，一點也不乾，在嘴裡彷彿還會彈跳一樣，搭配奶油簡直是人間美味。還有這個草莓，甜度超級高的！這是哪家的蛋糕，我也想去訂一個！」

「總編她家廚師做的。」

「怎麼辦，青流哥。」葛月猶豫地問。

「怎麼？」青流納悶的看過去。

「我決定要好好寫稿，不再偷問八卦了。」她小小聲地說。

「一個蛋糕就收買妳了，妳的骨氣呢？」青流譴責。

「跟著蛋糕一起被我吃掉了。」葛月舉著小叉子，堅定無比地用行動表示她對蛋糕的喜愛。

青流看著她一臉幸福的模樣，還是決定不告訴她這招可是橙華的慣用手段。要抓住作者的心，先抓住作者的胃。

在葛月吃蛋糕時，青流繼續講他對兩個大綱的看法，分析其中的好與壞。兩人經過一番討論後，葛月像是想到什麼，一臉興奮地瞅著他。

「對了，青流哥，有人來挖角我耶。」

「靠，這種話妳還說得那麼理所當然。」青流瞪她一眼，編輯的護崽本能讓他開始思考起可能名單，「是明月嗎？他們家最近招了兩個新人，該不會是想要盡快做出成績，所以直接找上妳了？」

「不是不是。」葛月搖搖頭。

「那是哪一家？」青流警覺的問。

「夢想出版社。不過那個編輯說他們公司還在籌組中，想先跟作者邀稿，稿費開得超、級、高喔！」葛月用雙手比出一座小山。

「多高？」青流的好奇心被挑起了，不免俗地要打聽一下別家行情。

葛月湊過去在他耳邊說了一個數字，他不敢置信地爆出「我靠」兩字，再三確認，「妳沒說錯嗎？真的是這個價格？」

「真的真的，我沒騙你。」葛月點頭如搗蒜，還從手機裡開啟信件給他看，「不過你放心，我不會過去的。我跟他們說，青流哥你在哪裡我就在哪裡，我是跟定你了。」

青流說不感動是假的，畢竟是辛辛苦苦培養出來的作者，如果就這樣被一家名不見經傳的出版社挖走，不氣死才怪？

下一秒，就見葛月托著腮幫子，神色憧憬又夢幻地說：「我好期待在青流哥的帶領下，可以變得像白陌一樣，一年只要出兩本就不愁吃穿了。」

「太難了，做不到。」青流不客氣地潑她冷水，「鬼故事跟文學小說的目標受眾差距太大了，如果妳的讀者有這麼多，」他用手指在桌面畫一個圈，「那他的讀者就有——」

他用雙手比向整張桌子。

在出版界，沒有編輯不知道白陌這個名字。他一年只出三、四本書，但每一本都可以占據網路與實體書店的排行榜前十名十二個月以上。

他不開簽名會也不露臉，戴口罩接受訪談或是參加座談會就是他的極限了。青流曾在書展見過對方幾次，一雙又長又利的鳳眼令人印象深刻。

「有、有夢最美嘛。」葛月有點心虛地說。

「夢醒更好。」青流不留情地戳碎她腦內的夢幻藍圖，「吃妳的蛋糕，喝妳的茶，好好聽我說話。」

「喔。」葛月委屈地癟了下嘴，捧起花紋繁複的骨瓷杯，乖乖地喝茶配蛋糕。

青流的手指在桌面點了點，大致彙整了自己的想法，開始替她安排新書前三集的交稿時間，與他要如何包裝這個新系列，以及之後可能會辦什麼宣傳活動。

他的提案只是初步規劃，詳細與完整的流程就要交給企劃部處理。

除了新書外，兩人又針對正在進行的完結篇做一番討論，等到所有事情都交待完，已經過了一個多小時了。

青流收起筆電，將桌上的東西整理整理，對葛月說道：「我帶妳去跟總編打個招呼。」

「那我可以趁機看一下藍先生嗎？」葛月眼睛發亮地問。

「不然讓妳來公司幹嘛？」青流睨了她一眼，引著她來到審稿編輯專屬的辦公室，敲了下門板，變相告知自己帶了作者進來。

「哈囉，葛月。」橙華從螢幕前移開視線，對站在門口的女孩露出一抹親切笑容。

橙華的眉眼深邃，臉孔漂亮英氣，嘴角下的小痣增添了一抹風流倜儻。今天穿著大紅襯衫與西裝褲，很難駕馭的鮮豔色彩卻被她穿得帥氣逼人，看得葛月險些移不開眼。

「蛋糕好吃嗎？知道妳要來，我特地請廚師做的。」橙華笑吟吟地說，「以後可以多來公司喔。」

「超、超好吃的，謝謝總編！」葛月受寵若驚，緊張得手都不知道要往哪裡擺了，「有機會的話，我我我一定會再過來的！」

然後就走不掉了。青流已經可以預測到她被蛋糕收買的結局了。

因為是第一次進辦公室，葛月眼角餘光好奇地往旁邊飄，在看到也正對她微笑的藍聆時，只覺得腦袋好似轟的一聲，熱度迅速從脖子往臉上爬，臉頰又燙又紅。

「哎呀，臉怎麼這麼紅，是太熱了嗎？」橙華訝異地問，「我把空調開低一點好了。」

「不、不用。」葛月連忙擺擺手，「我沒事的，我等一下就要走了。」

「等我一下，我有個東西要給妳。」青流拍了下她的肩示意她先別走，從自己辦公桌的抽屜裡拿出個小紙袋。隔壁的藍聆好奇的想偷看，被他直接推開頭。

葛月接過紙袋一看，立即驚喜地睜大了眼。那是一個編織得小巧可愛的鉤針娃娃，外形肖似藍聆，一雙桃花眼更是被格外強調。

「謝謝青流哥！」她如獲至寶的把東西捧在胸前，因為太開心了，臉蛋上的紅暈根本褪不掉。

「走吧，我送妳出去。」青流下巴微抬，示意她往外走。

「嗯嗯！」葛月心滿意足地向另外兩人告別，「總編再見，藍先生再見。」

「不用那麼見外，叫我藍聆就可以了。」外形俊雅的美青年笑瞇了一雙眼，溫和地說道。

渾然不知自己這句話讓對方差點開心到自爆。

葛月興奮又害羞地點點頭，跟著青流走出辦公室時還差點撞到門，直到推開公司玻璃門，要搭電梯下樓了，她還有種身在夢中的不真實感。

「青流哥，沒想到編輯是這麼棒的職業耶，有下午茶還有女僕跟執事。」她語帶嚮往地說。

「妳在說什麼傻話？編輯可是最想離職的職業第一名好嗎！」青流用看傻子的眼神看她，將業界流傳過的玩笑話說給她聽，「如果妳真的恨誰，就讓他去當編輯；如果妳想害一個人傾家蕩產，就讓他去開出版社。至於為什麼，因為出版社燒錢啊。」

「那總編為什麼還要開出版社？」葛月疑惑地問道。

「因為她說她什麼不多，就是錢最多。」青流面無表情地揭曉答案。

擁有一個慷慨的多金上司，是痛也是快樂。

痛，是因為上司的任性總是突如其來，身為對方青梅竹馬兼下屬的他常在聽完對方的異想天開後，臭著臉認命地去實行；快樂，則是加班費、三節獎金、年終一個都沒少，三不五時還有精緻的下午茶可以享用。

這也導致青流的體重一路向上。好在他本來就偏瘦，還有發展空間，這幾年下來倒是讓他成功擁有一副穿衣顯瘦、脫衣有肉的體格。

但是在公司吃好喝好不代表工作就比較輕鬆，尤其在新人還沒有徵到的狀況下，一禮拜內有兩、三天留下來加班已經成為青流的常態。

晚上的辦公室裡安靜無比，只有滑鼠的點擊聲時不時響起。

青流坐在電腦前，一張帶著凶氣的臉龐被螢幕白光映得陰氣森森，看起來更加難以親近了。

他待到十一點多，才揉揉發疼的眼睛，結束今天的審稿。走出公司時，街道上安安靜靜，一向擠得滿滿的停車格呈現一片空蕩。

青流的機車送修了，這個時間點連末班車都搭不到，但他也不以為意，權當是散步，回家途中還繞去便利商店買了啤酒跟幾樣微波食品。

他嘴裡咬著避免犯菸癮的棒棒糖，腦中還在想著文案與送印時間，砰的一聲，一道嬌小的黑白身影從天而降，砸在青流的腳尖前。

「靠！」青流猛地回過神，愣然瞪著倒在地上的少女。上黑下白的漸層色長髮遮住她的臉，不知道狀況如何，只看得出她正艱難地想撐起身子。

緊隨而後的是第二道撞擊，大片黑影撲天蓋地地籠罩下來。

「該死！」青流立即放棄扶起少女的打算，飛快地瞄了眼周遭，確認再沒第三者後，瞳孔顏色瞬間被淡青所浸染。他三兩下咬碎剩下的棒棒糖，將宵夜丟至一旁，指尖一劃，青色光絲以他為圓心飛快擴散，周邊建築物好像微微晃動了一瞬，快得讓人以為是錯覺。

就在這一瞬，高瘦的身形消失了，取而代之的是一名個頭中等、體型纖細的少年。

少年眉目如畫、鼻梁俏挺、膚色雪白，淺綠色長髮編成蓬鬆的長辮子垂在身前。他穿著白底青色圖騰的漢服上衣與黑色布褲，寬大的袖子在手腕處收束，渾身散發出一股仙氣感。只見他雙手一翻，兩柄暗金色鋼鞭現於掌中。

落在青流與少女前面的，是一隻通體烏漆抹黑、有著長吻銳齒、厚厚鱗片的巨大鱷魚。一雙豔紅色的眼如同兩個大大的燈籠，非常駭人——如果忽略它套著一圈由男性內褲編成的頭帶。

靠夭，三角、四角，連丁字褲都有，根本就是個變態！青流嘴角微微抽搐，看了都覺得傷眼睛。

似乎是讀出他眼裡的嫌棄，鱷魚發出震耳欲聾的咆哮，嘴裡噴出的氣流吹得青流的髮絲凌亂飛舞。

青流慢條斯理地從少女身上跨過，擋在她前方。

啪砰！

鱷魚粗厚的尾巴猛地往地上一甩，砸出層層碎石，這個聲響就如同一個訊號。

青流腳尖點地，如同彈簧般蹦地而起；鱷魚凶猛地邁開短小四肢，轟隆隆地朝他衝來！

兩柄鋼鞭的鞭柄接在一起，瞬間化作一根如同鐵棍的武器，夾帶著凌厲氣勢，朝鱷魚的腦袋狠狠砸下，砸得它頭上那一圈內褲紛飛四散。

鱷魚嘶吼一聲，一雙眼猩紅得嚇人，在青流踩著它的吻部往後一落之際，猛地張開大嘴就往他咬去，尖利的牙齒閃爍森森白光。

「小心！」少女繃緊的嗓音猝不及防響起。

青流沒有回頭看向出聲的人，他俐落地連續後躍，抓準鱷魚咬空的空檔揮出鋼鞭，堅硬的武器在他手中竟像是軟鞭般靈活如蛇，抽打得鱷魚越發狂躁，腳掌把地面砸得啪啪響。

然而鱷魚的外皮實在太堅硬了，堪比厚甲，青流的攻擊最多只能絆住它的步伐，無法造成實質傷害。

雙方一時間僵持不下。

在發現這隻異獸的特徵就跟真的鱷魚差不多後，青流流暢的動作忽地慢了一拍，這個瞬間露出的空隙立即換來兩排鋸子似的利齒襲擊。

青流竟是不閃不躲，在異獸有力的上下顎準備往中間閉合的剎那，他手裡的鋼鞭倏地立直，兩端變得尖細無比，重重戳進對方的口腔裡。

「吼——」黑色鱷魚痛得拚命甩頭，想要把嘴裡的尖物甩出去，然而它之前想咬合的力道有多猛，鋼鞭就扎得有多深。

龐大的腦袋瘋狂晃來晃去，青流瞇起眼，覷準時機縱身一躍，穩穩地跨坐在鱷魚頭頂上。

他唇角翹了翹，明明是一張如畫的臉龐，卻被這抹笑帶出一絲野蠻狠戾。

雙手往空氣裡一抓，又有兩柄鋼鞭出現在他手中，迅雷不及掩耳地對著鱷魚的眼睛狠狠捅入！

下一秒，只見黑色鱷魚竟以肉眼可見的速度逐漸虛化，深闇的色澤也越來越淡，彷彿冰雪遇到烈焰似的，轉眼間散得無影無蹤。

地面上只留下一顆紅色小珠子，在路燈光線的映照下折射出豔麗光彩。

青流手一揮，所有鋼鞭隨即消失，他撿起珠子，將其拋給站在不遠處的黑白髮色少女。

少女的外表大約十六、七歲，相貌精緻，一雙形狀漂亮的眸子又黑又深，彷彿兩汪不見底的暗潭。黑色漢服上繡有細緻繁複的白色圖紋，襯得她膚色如雪。

她看看珠子，又看看青流，小臉上雖然不見表情，但眼裡的怔愣卻明顯得要滿溢出來，她似乎無法理解青流的舉動。

「為什麼要把作者讓給我？」

她的聲音輕緩偏低，像是悅耳小提琴聲流洩在夜色裡。

「妳剛不是追著它嗎？不給妳給誰。」青流挑挑眉，手指虛虛一抓，隱隱可見淺色光絲纏繞在指間，轉眼就消失不見，馬路上也不復見先前被鱷魚尾巴砸出的痕跡。

「你剛做的那個，是什麼？」有著上黑下白漸層色長髮的少女問道，兩眼直盯著他的手指，好似想從中瞧出端倪。

「妳不知道？」青流神色一凜，看向少女的目光帶著審視，「妳的等級多少？」

少女沉默了一會兒，才輕輕地吐出一個字：「零。」

「操！」青流忍不住罵了一聲。接著他像是想到什麼，抬頭往四周張望一圈，發現真的沒有人趕來探望狀況，才確認了一個事實。

「沒有人帶妳？」

「為什麼要帶？」少女不解地問，「編輯不是應該要自己去狩獵異獸？」

「那是以編輯至少擁有架設結界能力為前提。妳一個等級零的菜鳥來狩獵量級三的異獸，妳是想領傷殘撫恤金提早退場嗎？」青流沒好氣地質問。

偏偏少女白瓷般的臉蛋無波無瀾，僅有那雙漆黑如墨的眸子透出困惑，就好像她真的完全無法理解青流在說什麼。

「妳哪一家的？」按捺住想要把人訓一頓的念頭，青流決定先把事情釐清。

「明月。」少女如實回答。

「馬的。」青流用髒話表示了心情。

明月出版社是業界有名的大公司，錢多人多資源多，但是上頭老闆不知道在想什麼，同一類型的書成立了好幾個組別，讓編輯互相競爭。哪個小組的書賣得好，獲得的宣傳就會多，反之則越來越少。這種做法導致公司內鬥嚴重，達不到上頭標準的編輯心力交瘁下紛紛離職。就算招了新人進來，老手也不想帶，新人只能靠自己摸索，自然待不久。

如此惡性循環，哪裡是在養編輯，這他媽的是在養蠱吧！能成功留在明月的編輯個個心黑手狠，搶作者毫不客氣。

雖然不知道少女最後會不會被養成蠱王，但青流實在無法眼睜睜看著對方什麼都不懂地就出來狩獵。

是的，狩獵。

在出版界裡，想要成為一個可以帶領作者的編輯，必須先擁有變身能力並進行狩獵。

狩獵對象，就如剛剛的黑色鱷魚般的怪物。

編輯們又稱之為異獸。

別看那些異獸盡是做出讓人想翻白眼的變態行為，一旦發起狠來攻擊，那破壞力可不是在開玩笑的——就像方才那隻鱷魚。

青流頭痛地嘆了口氣，迅速解除變身，恢復成原本的高瘦身形，對著長髮少女開口，「我叫青流。妳有空嗎？我們聊聊吧。」

「有空。」少女盯著青流好半晌，像是在評斷什麼般地點點頭，「你這樣也好看。」

「蛤？」青流莫名其妙地回望對方，只覺得話題跳得他跟不上。

「我是墨連。」少女若無其事地報出名字，彷彿剛才那一句「好看」就跟「天氣很好」是同等級的日常招呼。

覺得自己已完成自我介紹的重責大任後，她就睜著一雙澄澈的眼看著青流。

青流幾乎能從她眼中看出無聲的詢問——要帶我去哪裡聊聊呢？

明明對方是個成年人，他卻有種在拐帶小孩子的錯覺。

「妳也解除變身吧，魔法少女的樣子太引人注目了。」

「我覺得這樣很好。」墨連毫不在意地回道。

好吧，也許又是一個喜歡上自己變身模樣的編輯。青流聳聳肩，拎起先前被丟在一邊的袋子，找了一家便利商店坐下講事情。

只是墨連的外表、髮色與那身漢服實在太搶眼了，店員不只一次偷偷往他們這邊看過來，眼神有驚豔也有懷疑，手機拿起又放下，一副很想報警的樣子。

成年男人，還是一個外表凶惡的成年男人。

與未成年少女坐在一起的畫面讓人不腦補幾個狗血小劇場都難。

青流認命地將要遞給墨連的啤酒收回，他可不想再背上一條誘拐未成年少女喝酒的莫須有罪名了。

兩人簡單地聊了幾句，在知曉墨連對「狩獵異獸」的知識貧瘠得可憐後，青流拿出手機打開繪圖軟體，在上頭寫下幾個字母。

α、θ、δ

「我們人類的腦波分為β波（顯意識）、α波（橋樑意識）、θ波（潛意識）及δ波，與創作相關的就是α波與θ波。通常是這兩種波動會比較旺盛一點，但

如果連 δ 波也跟著活動強烈的話，大腦機制就無法攔截這些波動，很容易造成想像力失控。換句話說，如果想像力一直堆在腦海裡，沒有發揮出去的話，到最後就會實體化。」

「可以將想像力實體化的特殊人才，我們稱為『作者』。如果他們本身有在寫作的話，就不需要擔心想像力會無法宣洩；但如果他們沒有察覺到自己的創作才能，失控的想像力就會實體化成異獸。」

「異獸無一例外都有著漆黑外形與紅色眼睛，它們會趁著作者睡著時從大腦內跑出來，做出一些讓人傷腦筋的事。就像剛剛那隻鱷魚去偷男人內褲一樣。」

「嗯，是個變態。」墨連點頭附和。

「異獸共分為十個量級，以銷量做比喻的話……」

青流在手機螢幕上畫出四個圈圈。

「一至三級的初級異獸可以視作小手，銷量普通，甚至可能會讓出版社虧錢；四至六級的中級異獸就是中手了，銷量還不錯；七至九的高級異獸則是大手，銷量穩定，實體或網路書店排行榜都能穩踞一個月以上；量級十的頂級異獸可以說是超級大手了，銷量就不需要我再強調了吧？」

青流停下說明，給予她消化這些資訊的時間，才繼續說下去。

「狩獵異獸的人就是『編輯』。出版工會給的道具可以讓編輯變身為魔法少女或魔法少年，不僅能大幅度提升體能，還可以開啟飛行能力，不再像以前一樣需要升等到某個級數才可以飛。

「接下來說說狩獵的注意事項。遇到異獸的第一件事就是先架設結界，被結界包圍的區域等同於一個平行空間，就算在與異獸戰鬥時破壞物品，也不會反映到現實世界。一是可以避免引起騷動，二是可以減少賠償費用。但是想要獲得張開結界能力的前提是，必須先打倒一隻異獸。」

「這是自相矛盾。」墨連指出問題。

「照理說，新人第一次狩獵時，都應該要有個老鳥跟在身邊幫忙設結界，並指導如何使用變身後的能力。妳的變身道具應該也是手環吧？」

青流看向墨連戴在左手腕上的金色細環。

黑白長髮的少女輕輕「嗯」了聲，視線在青流的銀色手環停留了一會兒。

「打倒異獸後獲得的紅色珠子可以嵌進手環裡保存，也可以讀取作者資料。不過因為市場不好，現在編輯的狩獵目標都放在六級以上的異獸，五級之下都不太願意出手。妳倒是可以從這點下手，低量級的異獸不代表沒有發展性。」

墨連點點頭，表示知道了。

「妳的武器是什麼？」青流順口問道。

「外面買的球棒。」墨連靜靜地說，「不知道掉在哪裡了。」

青流飛快地閉了下眼再睜開，還做了個深呼吸，才勉強壓下破口大罵的衝動。

「你們公司這麼扯，妳他媽的也跟著不要命了？」他從牙關裡擠出聲音，「連變身武器都沒有就去狩獵異獸，一個差錯，妳連傷殘撫恤金都不用領，直接讓妳的受益人拿死亡保險金就好了！」

「……對不起。」墨連溫馴地垂下了頭。

對方乖巧的道歉反而讓青流產生一絲愧疚。嚴格說來，墨連其實是最無辜的人，沒有前輩帶領，一個人傻乎乎地跑來狩獵異獸，現在還被他這個陌生人訓誡。

「是我不好。」他嘆了口氣，語氣也緩和許多，「這件事本來就不是妳的錯。妳下次不用再買球棒了，編輯變身後都擁有專屬武器，只要專心在腦中想著，武器就會出現。」

「你為什麼要對我那麼好？」墨連猝不及防地問道，纖長的睫毛掮了掮，像是兩隻小蝴蝶停佇在上，「因為我很可愛？」

青流慶幸啤酒才剛拿到嘴邊還沒喝下去，不然鐵定要被這句話嗆得噴出來。別人都是招桃花，他是專招水仙嗎？

「我可愛嗎？」墨連鍥而不捨地問。

青流翻了個白眼，順著她的話道：「是是是，很可愛。下次請記得發揮可愛的魅力讓異獸放下戒心，然後妳就可以痛下殺手了。」

「好的。」墨連摸摸自己的臉，認真記下這句話。

「妳為什麼會想來當編輯？」青流把身體靠向椅背，雙手環胸。

「覺得這個職業好像很……」墨連沒什麼表情的小臉上閃過一絲遲疑，「美好？」

聽出她話中的躊躇，青流「哈」了一聲，眼角吊起，凶惡感又出現了。

「告訴妳，會來當編輯的都是上輩子造了不少孽，今生來還債的。快從這種不切實際的想像中清醒過來。」

在這個世界，編輯已經榮登最想離職的職業第一名了。

編集者は魔法少年

[Scene II]

MAGICAL BOY EDITOR

依照出版工會規定，一個成熟的編輯必須為公司貢獻肉體，變身為魔法少年或魔法少女或是魔法大叔去狩獵作者——魔法後面綴著的字依個人喜好決定。

雖然已經是成年人了，但青流的內心其實還住著一個小男孩，不能免俗地對怪獸、超級英雄這類特攝系充滿憧憬。最初知道自己擁有變身能力後，他就已經想好自己一定要成為又酷又炫的魔法戰士。

但是橙華不允許，她說星輝文化的編輯一定要走反差萌路線。青流原本的模樣已經夠有男子氣概了，又高又凶，走在路上都會讓人想退避三舍，而凶惡的反面是什麼呢？

就是可愛！

青流難得燃起的中二魂就這麼被撲滅了，他只能臉色鐵青地接受自己成為魔法少年的命運，與四捨五入一百八的身高暫時告別。

若是打倒異獸，就可以獲得一顆紅色珠子，珠子裡記錄著作者詳細的個人資料，編輯可以藉此去尋找作者，與之邀稿或簽約。一旦該位作者開始寫稿的話，想像力就不會失控，也不會再出現異獸。

但是，就是有一個「但是」，書市的萎縮改變了這一切。

以前不管異獸的等級是低是高，凡是偵測到異獸波動，編輯都會第一時間變身狩獵，讓出版社簽下一個又一個作者。

隨著書越出越多，讀者的荷包卻只有一個，買書就變得跟選妃似的。太貴的不要，沒有送周邊的不要，封面太醜不要。

曾經編輯們對異獸的出現有多趨之若鶩，現在就有多敬而遠之。如果異獸量級不夠高，編輯連出門都懶。

不過在大部分出版社都這樣做的時候，星輝文化卻是反其道而行。他們依舊會在夜間巡邏，打倒量級較低的異獸，再依照珠子上的資料找到作者家，意思意思放幾張印刷廠或自印書工作室的名片，讓作者往個人誌那塊發展。除非橙華下令說需要補充新人作者時，他們才會聯繫那些人。

青流當然喜歡狩獵高量級異獸，那可是銷量保證的作者，但他也喜歡帶著那些異獸只有初級的作者們。

有時候是寫作領域不對，無法發揮所長，才會讓想像力實體化的異獸量級不高。例如葛月。

於是青流白天審稿看稿，晚上則變身魔法少年去狩獵異獸，為了公司賣肝賣腎兼賣身。

如此勞心費力下，他自然徹底奉行週末睡到自然醒的準則，就算是橙華降臨也無法打斷他的睡眠。

那個女人還真的曾經潛入他的家，只是想試試撥弄睡著的人的眼睫毛是怎樣的感覺。青流當時的反應是直接把對方掀翻在地，然後橙華不甘示弱地變身反擊，最後被變身的自己直接打出去。

放縱地睡到將近中午，青流簡單吃了午餐後，就捲起袖子開始進行家中大掃除。吸地、拖地、打蠟，兩層樓的磁磚地板被他清理得亮晶晶，光是看著心情就很好。

打掃完畢他也沒有閒下來，直接往客廳沙發一坐，從茶几底下拿出先前做到一半的鉤針娃娃繼續織起來。

桌上放著各色棉線、釦子、裝飾珠子、PP棉，青流嘴裡咬著棒棒糖，一手纏著棉線，一手拿著鉤針，手指靈巧地減針再鉤出數十針短針，一向凶神惡煞的表情也柔和許多。

手機就放在一旁，LINE的群組訊息如雨後春筍般冒出，青流偶爾才會瞥上一眼，看看業界好友圈在聊些什麼，有沒有什麼值得關注的消息。

其中一個被命名為「編吃編睡」的群組聚集了好幾間出版社的編輯，都是青流在出版人自行舉辦的小聚會上認識的。

群組裡有編輯在抱怨他們公司有人突然離職。

青流跟其他人的反應一開始都是一樣的。

編輯可是最想離職的職業第一名啊，沒人離職才奇怪吧？沒看隔壁家的明月出版社的員工汰換率如此之高，編輯的使用效率就跟免洗筷差不多，一天換一個。

然而接在那句「但是離職的是我們書系主編啊，什麼交接都沒有就直接走人」

後，第二個、第三個編輯也跳出來了，說的都是類似的事，只不過他們那邊遞辭呈的是資深編輯，一堆工作丟著說走就走，電話也拒接，編輯部裡亂成一團。

新人待不住想走，這很正常。

舊人受夠了想走，這也很正常。

可是好幾個做得很穩定的老鳥無預警地不交接就離職還全部神隱，就不太對勁了。

如果該主編或資深編輯帶的作者與正在進行的稿子沒交接好，會出大問題的。其他人的工作量爆增不說，連作者們也容易受影響，心神不寧地胡亂猜測。

青流眉頭擰起，忍不住放下鉤針，也敲了字詢問一下狀態。

在群組裡訴苦的編輯們紛紛貼出好幾個「生無可戀」的貼圖，最終唉聲嘆氣地說得去找人事部開應徵了。

但是能在出版界這個圈子待下來還存活到現在的編輯都知道，想獲得一個任勞任怨還願意犧牲肝與腎的好新人實在太難了。

最重要的前提是，得有人來應徵啊……

這一點青流深有感觸。

群組裡其他編輯們紛紛丟出「保重」與「加油」的貼圖。

青流跟著安撫幾句後，又繼續專心在製作鉤針娃娃上，時間不知不覺就過了一個下午。

直到嬌小可愛的黑髮女僕娃娃完成身體後，他將其舉在手裡，在窗外斜射進來的陽光下仔細看了看，檢查是否有地方沒鉤好。畢竟是橙華的委託，說要送給家裡的女僕，青流也認識對方，自然力求完美。

他滿意地替娃娃黏上鈕釦眼睛，又額外鉤了幾個小配件，拍了照傳給橙華後，發現墨連也傳了訊息——

問他晚上是否有空，想要請他陪著一塊去狩獵異獸，開啟結界能力。

青流很快地就跟對方敲定時間、地點，心裡倒是有些好奇起墨連的武器會是什麼。

結果還沒等到橙華對委託商品的感想，反而先等來了藍聆的視訊要求。

馬的，真不想跟一朵大水仙視訊。青流把嘴裡剩下的棒棒糖喀喀喀地咬碎，手指懸在半空中一會兒，看在既是同事又是前社團學弟的分上，還是勉強按下了同意鍵。

手機螢幕很快就切換成視訊畫面，相貌俊雅如翩翩王子的藍聆出現在鏡頭前，對著青流笑得含情脈脈。

「學長，有空嗎？我想請你幫我看看衣服。」

「我就知道。」青流翻了白眼，他是那種嘴上罵著，但是答應了事情就會貫徹到底的人。就算是面對學弟的女裝癖，他也會皺著眉頭認了。

藍聆顯然在調整什麼，臉一下子貼近又忽然拉遠。似乎是擺好了手機位置，他往後退了好一段距離，讓全身出現在螢幕裡。

他拉起左手袖子，露出一圈細細的銀色手環。

大量的淺藍光絲瞬間將他包圍住，下一秒又如同抽絲似的，全部倒捲回去，隱進身體裡。

當光芒消失，出現在青流視野裡的已不再是斯文俊雅的美青年了，而是一個纖細青澀的人影。

那人五官秀麗，一頭白色短髮襯得臉蛋只有巴掌大，外表雌雄莫辨，一雙桃花眼柔情繾綣，猛一看還以為是個美少女，但再仔細端詳，就會發現喉結的存在。他穿著與青流變身後風格有些類似的白底漢服，上頭有藍色紋路，寬袖飄飄，綴著繩結吊飾。

青流不是沒納悶過藍聆的髮色為什麼不像他的姓氏一般是藍色，反倒是搭不著邊的白髮。藍聆卻是笑盈盈地說：「這樣才能讓人注意到我的眼睛像藍寶石一般美麗啊！」

此刻，有著一雙璀璨藍眸的美少年正殷切吩咐青流。

「學長等我一下，我換個衣服，很快的。」

「你為什麼不先變完身再跟我視訊？」青流瞪他。

「我想讓學長看看『我親愛的』多可愛啊。」藍聆理所當然地回道，他對著青流揮揮手，暫時離開鏡頭去換衣服。

不一會兒，少年就回來了，身上穿著一件粉色的小洋裝。只見他手腕一翻，如同變魔術般拿出兩個又白又軟的饅頭，打算塞進衣服裡。

「罩杯不對。」青流提醒，「不是說要走貧乳美少女路線嗎？你塞這兩個進去會變童顏巨乳。」

藍聆從善如流地把一個饅頭掰成兩半，重新放進胸前調整位置，衣領再一拉高，就是個清麗無雙的白髮少女了。

「你不是之前才買兩件嗎？黑的跟白的。」青流看著那件粉嫩可愛的洋裝，記得可清楚了，「要那麼多衣服做什麼？」

「沒辦法，誰教我的衣櫃裡永遠都少一件衣服。」藍聆撩了下略長的藍色髮絲，理所當然地說，「而且為了我親愛的，買再多衣服都不為過。」

「醒醒，你『們』不會有好結果的。」青流的重音放在「們」這個字，白眼都要翻到頭頂上了。

「別否認一切嘛，學長。這個世界上也有自攻自受這種說法。」藍聆故作害羞地笑了下，臉頰染上淺淺的紅，就像個情竇初開的少女。

「停。」青流強制終止這個話題，不太想深入了解這種專業術語，「快點把你要給我看的那些衣服穿一穿，半小時內解決我們就依然是好同事。」

「至少四十分鐘嘛。」藍聆眼神如水，聲音也軟軟的，試著討價還價。

「半小時是我面對你換裝秀的極限了。」青流擺明了要鐵石心腸，手上的鉤針抵了抵桌面，「你還有二十九分鐘。」

「那學長先幫我看看這套穿起來如何。」藍聆連忙在原地轉了圈，裙襬輕飄飄地像水面漣漪。

他皮膚白，變身後的身形纖細嬌小，如同一朵盛開的水靈靈粉荷，欺騙率百分之九十——剩下的百分之十不算在內，是因為星輝文化的所有人已經洞悉他的本質了。

在接下來的二十九分鐘裡，青流就維持著一張無表情面孔，強迫自己欣賞一場場眼花繚亂的換裝秀。

就算他的意見只有「好看」、「不好看」，藍聆也是聽得喜孜孜的，一連換了十多套女裝，才心滿意足地結束視訊。

青流解脫般地吁了口氣，明明什麼都沒做，卻覺得自己好像看了一本難以言喻的稿子一樣，心情非常複雜。

真擔心有一天他看到藍聆時會忍不住喊出「學妹」兩字。

夜深人靜，商業區仍舊燈火燦爛。青流雙手插在口袋裡，慢悠悠地走在無人的街道上，他的裝扮普通，唯有一雙凶惡的眼睛卻是淡青色的。

每經過一個巷口時，青流就會抽出手，看一下浮現在手環上的透明面板，確認面板裡的地圖是否有紅點閃爍。

若是有，就表示異獸出現了。

結果在他走到與墨連約定好的地方時，還真的看到一個亮晃晃的紅點跳出來，位置就在不遠處。因為量級非常低，所以完全不需要擔心會被人從中攔截。

青流左右張望一下，沒看到墨連，正想拿出手機傳訊問一下，就見角落那邊的陰影似乎起了波動。

再仔細一看，就會發現是錯覺，只是因為走出來的嬌小少女有著一頭黑白漸層長髮，再加上她所穿的漢服也是黑色的，才會讓青流有一瞬間的眼花。

「晚安。」墨連輕聲打著招呼，深邃如潭的眸子瞅著青流，「你的眼睛變色了。」

「這是部分變身，不用變成魔法少年就可以使用手環。」青流解釋道，隨後也補了一句晚安。

「我也可以這樣嗎？」墨連好奇地問。

「妳再努力三十級就可以做到了。」青流委婉地道。就算知道對方是個成年人了，但那副稚嫩的外表與乖巧態度讓他不忍心把話說得太明白。

「嗯，我會努力的。」墨連的眼神透出憧憬，看得青流都想揉揉她的頭了。

他將懸浮在手環上的面板拿下來，遞給墨連看。

「剛好這附近有隻量級一的異獸，我帶妳去練練吧，讓妳先獲得設結界的能力。」

墨連點點頭，小臉上的表情雖然淡淡的，但眼神則是表達出「你說什麼我做什麼」。

青流手指在面板上一點，一條光線猝然從面板裡竄出，如同開弓的箭，迅雷不及掩耳地往目標物射去。

「跟上去！」青流低喊一聲，領著墨連尾隨在光線後方，繞過七拐八彎的巷弄，來到一座灰不溜丟的建築物前。湊近看了，才發現是施工到一半的空屋。為了方便工人與機器進出，一樓沒有牆與大門，只掛著大片藍白帆布遮擋。

他們所追蹤的光線就是射進這個地方後不見的。

墨連下意識就要掀開帆布一探究竟，青流連忙抓住她的衣領，扯著她後退一步，神色嚴肅地吩咐。

「先想武器。」

墨連立即安分下來，閉上眼睛，專心致志地想，感覺熱度在掌中流轉，細密的白色光點像螢火蟲般飄浮在身邊。

下一秒，所有的光點連成一片，如同一張光膜包覆住她的雙手。

耀眼的白光讓人反射性瞇了下眼，等光芒全部退去，青流才看清楚墨連的手上出現了如同半截金屬手套般的東西，手指部分是露出來的

「這是什麼？」青流皺著眉頭打量，「手指虎嗎？」

噌的一聲，類似猛獸爪子的鋒利鉤狀利刃猛地從拳套中彈出來，墨連轉動手腕看了看，又揮動幾下，爪尖閃爍出森森白光。

「這是鉤爪，以前找過武器資料。」墨連心念一動，爪子就瞬間收起，雖然不像青流的鋼鞭一般遠戰近戰都合適，用起來卻趁手無比。

兩人掀開帆布走進屋裡，隱隱約約聽到有一道輕柔的女聲在哼著歌，明明是結婚進行曲的調子，卻透著幽怨與哀愁。

要不是面板上顯示出異獸就在這個地方，青流差點以為這裡鬧鬼了。他搓搓右手，像是想搓掉浮起來的雞皮疙瘩，這個小動作被墨連看到了，她輕輕扯了扯青流的衣襬。

「我走前面，我不怕。」

「我看起來就怕嗎？」青流沒好氣地睨她一眼，才不想承認自己對靈異系的東西沒什麼轍。他當初會建議葛月去寫鬼故事，一定是突然腦袋斷線了。

「你不怕，我也不怕，所以我走前面。」墨連自顧自做出結論，加快步伐繞到青流前面，負責打前鋒。

「什麼邏輯啊……」青流嗤了一聲，心頭卻有種暖暖的感覺。

空屋的一樓堆著還未拆封的建材，雖然空間雜亂，仍足以讓人一眼看清這裡並無異樣。青流五指齊張，縷縷青色光絲繚繞在指尖上，轉眼間就將整棟屋子包圍住。

他對墨連點了下頭，指示她往上走。

黑白髮色的少女輕巧如貓地踏上樓梯，氣息安靜而內斂。

接是接近二樓，結婚進行曲的哼唱越發清晰。

當兩人在二樓站定時，透過玻璃窗外的路燈光芒與月光映照，可以看到有個黑乎乎的身影就蹲在角落，一邊哼歌一邊在牆上塗塗抹抹。

青流注意到旁邊水泥色的牆壁似乎被寫了東西，他轉頭一看，髒話瞬間脫口而出。

那是滿牆壁的——

娶我好嗎娶我好嗎娶我好嗎娶我好嗎娶我好嗎娶我好嗎娶我好嗎娶我好嗎娶我好嗎娶我好嗎娶我好嗎娶我好嗎娶我好嗎娶我好嗎娶我好嗎娶我好嗎娶我好嗎娶我好嗎

沒有壓低的咒罵迴響在二樓，原本在埋頭苦寫的身影驟然一頓，慢慢站了起來。

因為對方通體漆黑又在角落，青流只能看到一團疑似橢圓形的物體正朝他們靠近，隱隱約約有四肢的輪廓。

直到它完全曝露在月光下，饒是青流都不由得抽了口氣，就連墨連的眼睛也微微瞠大，彷彿是驚訝的情緒。

那是一隻長著人類手腳的碩大黑色金魚，兩顆猩紅的大眼睛如籃球般突出，魚鰭又寬又薄，像薄紗一樣，卻是無風自動。

青流狩獵過的異獸多不勝數，恨嫁的異獸卻是第一次見到。

他正神色複雜地打量著半人魚模樣的異獸，卻沒想到它一對上自己的目光後，手裡的紅色蠟筆喀噠一聲掉到地板上，眼睛似乎瞪得更大了。

「我、我的天啊……」它的嘴唇張張合合，少女般的聲線又軟又柔，一掃先前的幽怨，熱切的興奮之情幾乎滿溢出來，「好帥！怎麼會有那麼帥的人！充滿男子氣概又性感，根本就是我的夢中情人！」

「誰？」青流擰著眉頭，忍不住往後看了一眼，卻沒有發現第三者的存在。

「你，當然就是你！」半魚人雙手交握，一雙大眼睛濕漉漉的，含羞帶怯地問道，「你願意娶我嗎？」

「啥小？」青流瞪著前方的異獸，還以為自己聽錯了。

「你願意娶我嗎？」半魚人又羞答答地問了一次，明明空屋二樓沒有音響設備，神聖無比的結婚進行曲卻緩緩奏響。

「不願意，跨種族不會幸福的。」青流拒絕將人獸戀放進人生計畫裡。

「對，他不願意！」墨連迅速擋在青流身前，雪瓷般的小臉繃得緊緊的，就算身高才到青流的胸口也堅決要踮高腳尖，能擋多少是多少。

「但是我那麼可愛。看，我有一雙水汪汪的眼睛，還有修長的手腳！」半人半魚模樣的異獸對著青流展現優點，「我們結合的話，一定會誕生最可愛的寶寶！」

要不是這是量級一的異獸，要讓墨連練習武器並獲得架設結界的能力，青流都想把對方拉到自己身後，直接來個完全變身，用鋼鞭砸醒半魚人的異想天開。

他曾聽聞有獨角獸外形的異獸向魔法少女求婚，沒想到這種荒謬事也會落到他頭上。

「娶我好不好？娶我的話，我願意天天替你洗衣做菜打掃家裡。」半魚人搖搖尾鰭，一截白紗就繫在上頭。

「我自己會做的事幹嘛要別人做。」青流絲毫沒有被打動。

沒想到自己不留情的回答反而讓半魚人扭捏地晃起更多魚鰭，背後彷彿還有粉色小花飄出。

「我還可以……還可以替你暖床喔！」它害羞地絞著手指頭。

「暖你媽啦！」青流的臉都黑了。

他身前的墨連更是一個箭步衝上前，連爪子都沒亮出來，直接把金屬手套當作手指虎用，狠狠往半魚人的頭部砸下去。

誰也沒有想到墨連會突然發難，黑白色長髮隨著她的動作唰地飄揚又落下。個頭嬌小的少女出其不意地將半魚人擊倒在地，在那雙紅紅的大眼睛沁出淚水之際，她五指攥起，又是一拳落下——

這次卻伴隨著三根利爪彈出，狠狠捅進半魚人的腦袋裡！

一連串動作如行雲流水，狠厲的氣勢看得青流都不由得咋舌。難怪就算她什麼都不懂，也敢一個人扛著球棒去狩獵異獸——只是那晚運氣不好遇到量級四的。

墨連居高臨下地看著半魚人的身體迅速崩塌，如粉塵般消散無蹤，將留在原地的紅色珠子撿起，鑲進手環裡。

她並不急著調出作者資料，而是走回青流身前，一臉認真地開口。

「我比那條魚可愛。」

她將每個字說得無比清晰，一雙黑曜石般的眸子睜得又圓又大，一副小學生向老師尋求肯定的模樣。

「是是是。」青流不由得失笑。他的回答與墨連之前問的時候並無二致，但這次是真心實意的，打從心底覺得這個小新人真的很可愛。

指導完墨連如何架設結界後，青流原本打算直接回家的，墨連卻突然拉住他的衣襬。

「我請你喝酒，謝謝你今天帶我。」她說得鄭重其事，細白的手指則是暗中把青流的衣角拽得更緊了。

「就妳這樣子，要怎麼請我喝酒？店員不會賣妳的。」青流瞥了瞥她稚氣未褪的外表，有些好笑地道。

「我有準備好，在公司。」墨連說著就想把他拉上屋頂，還不忘解釋她的舉動，「從空中走比較快。」

「廢話，我當然知道從空中走比較快。」青流反握住她的手，一個施力就讓對方的腳步無法再前進。

墨連疑惑地轉過頭，不過是一眨眼間，出現在她眼前的是面容秀雅、眉眼似畫的少年，青色的長辮子垂在身側，一襲白底漢服襯得他仙氣飄飄。

「我剛那樣可不能飛，妳要怎樣帶我過去？」青流鬆開墨連的手，翩翩然地躍至半空中。

「可以抱著你。」墨連還真的想過這個問題，她平舉雙手，做了個虛虛的公主抱動作。

「抱個頭！」青流臉色黑了黑。

他也不管那張平靜無波的小臉上是否閃過惋惜，縱身一躍，自顧自地飛走了。墨連緊隨其後，一黑一青兩道身影如流星般劃過夜色，快得讓人捕捉不到。

明月出版社位於一棟商業大樓裡，墨連讓青流先在頂樓天臺等著，自己則溜進辦公室裡打開冰箱，拎了一手啤酒。

因為天臺並沒有架設防護圍欄，為了安全起見，這裡是禁止出入的，但偶爾還是有人會偷偷溜上來抽菸，地上可見幾個菸蒂。

青流也不畏高，就坐在天臺邊緣，一腳屈起，一腳垂著，俯瞰底下尚未熄滅的燈火，並為那些還在加班的社畜掬一把同情淚。

夜景的美麗可是用加班的社畜堆砌出來的。

感覺到身邊有陰影落下，他轉過頭，臉頰猝不及防地被冰了下，隨即凝著水珠的啤酒就被塞進手裡。

「請你的。」墨連也打開一罐啤酒，慢條斯理地喝起來。

兩人肩併肩坐在天臺邊，猛一看就像是兩個未成年人躲在這邊偷偷喝酒。

青流有一搭沒一搭地與墨連聊著天，一開始內容大都是圍繞著編輯工作與魔法少女打轉，但在墨連有意無意地帶領下，兩人的話題逐漸偏向私生活。

墨連說她喜歡看書，也喜歡在沙發上發呆；她還說家裡有一間很大的書房，裡面放著各式各樣的資料書，如果青流有興趣，隨時可以上門。

青流則是懶洋洋地提了自己做鉤針娃娃的興趣，又提了他這陣子網購不少棒棒糖，若是墨連對零食有興趣，他下次可以帶一些給她。

「你喜歡甜的？」墨連盯著他如玉般的側臉，幾綹青色髮絲被風吹得飄飛。

「一般般吧，最近在戒菸，嘴巴癢會想咬著東西。」青流漫不經心地回答，「而且要吃甜點的話，我們公司就有提供了。」

橙華家的廚師總是變著花樣做出各式精緻甜點，就算青流不是特別喜歡吃甜的人，久而久之嘴巴也被養刁了。

想著葛月才來過公司一次就被一塊草莓鮮奶油蛋糕收買的樣子，他噗哧一聲笑了，對著墨連道：「可惜我們公司之前沒缺人，如果是妳來應徵的話，我說不定就讓妳上了。」

他說得自然，絲毫沒有察覺話中的歧義，更沒注意到墨連的瞳孔縮了下。

「對了，妳注射晶片了嗎？」青流順口問道。

「什麼晶片？」墨連疑惑地道。

「靠，不是吧？」青流瞪大眼，猛地扭過頭去看她，在對上少女茫然的神色後，他瞬間沒有喝酒閒聊的心情了，只想罵人。

如果可以投訴編輯，他一定會灌爆明月出版社的信箱。就算把養編輯當養蠱一樣，好歹也要先讓新人有點基礎概念吧！

青流快速地把剩下的酒喝完，抹抹嘴角上的酒漬，不容置喙地道：「走，我現在帶妳去工會。」

墨連順從地站起，看著青流往下一跳，她也毫不猶豫地跳了下去。

這次的飛行速度比之前還快，下方景物在快速倒退，冰冷的風颳過身體，讓皮膚隱隱生疼。

青流領著墨連來到一棟平凡的、再普通不過的兩層樓建築物前，如果不是灰色鐵門上還掛著一個匾額，寫著「出版工會」四個字，它看起來跟路上隨處可見的一般住宅沒兩樣。

從外頭看，這棟屋子的坪數似乎不大，可是一踏進大門，就會發現裡面的空間是不符比例的寬闊，窗明几淨、燈火通明，眸色與髮色各異的男女三三兩兩地聚坐在一起。

青流帶著墨連進去時，並沒有引起多大注意，幾個人只是略感好奇地往他們這邊看了看，很快就收回了視線

大廳走道上鋪著一條紅地毯，順著前方一直延展，盡頭處設置一個弧形櫃檯。櫃檯後方坐著一名擁有粉色長髮與眼睛的少女，外貌甜美，一身蘿莉塔風打扮，手裡還抱著一隻粉色的小熊玩偶。

少女就像是一尊大型的古董娃娃，連聲音也是甜甜軟軟的。

「晚安，青流。」

「晚安，茜草。」青流頷了下首，將身後的墨連讓出來，「幫她打個針吧。」

出版工會規定，凡是加入狩獵異獸行列的編輯都必須注射晶片，以確保工會可以掌握編輯的身體狀況。

「你們家的新人嗎？」茜草邊問邊拿出注射器與獨立封裝的晶片，示意墨連坐下並捲起袖子。

「不是，明月家的。」

「哦？哦！」茜草發出了兩聲意味不明的單音，笑得純良無害，「春天的季節到了嗎？」

青流的回應是翻了一個大大的白眼，「自己思春就不要看每個人都思春，打針吧妳，我們趕時間。」

茜草噘著嘴，嗔了他一眼，用酒精棉花擦了擦墨連細白的皮膚後，動作俐落地將晶片注射進去。

像是被蚊子叮一下的細微疼痛才剛傳來，茜草就已經完成了注射，她打開識讀器，掃瞄方才植入晶片的地方，將晶片編碼展示給兩人看。

「這樣就沒問題了。工會會定時注意你們的健康，以免在你們沒有注意的時候有了脂肪肝、高血壓、糖尿病或是頸椎壓迫、腕隧道症候群……」

茜草說了一大串編輯職業病，又笑盈盈地建議：「墨連妹妹的身體機能很好，等級高一些之後，妳要不要考慮去狩獵編輯？」

「喂，茜草。」青流的眼神厲了厲。

「我有說錯嗎？」茜草睜著一雙無辜的大眼睛，左手抱著粉色小熊，「是青流你太古板了，優秀的編輯才不會墨守成規呢，用最快的方法搶到好作者才是最重要的吧。」

「屁，那不過是不想承擔風險，只想撿現成的。」青流嗤之以鼻，「去偷襲體力被異獸消耗的編輯算什麼，有種就自己去單挑異獸啊！」

他的聲音沒有刻意壓低，引得大廳裡好幾個編輯目光不善地看來；但是青流更加眼神不善地瞪回去，彷彿刀子般尖銳的視線扎得人難以直視。

「編輯可以狩獵編輯？」墨連看看青流，又看向茜草。

「可以的。」茜草捏著小熊玩偶的手晃了晃，笑咪咪地說明，「比起去打倒異獸獲得珠子，從打倒異獸的編輯手上搶奪珠子，這個方法更快又更有效率，我個人很推薦喔，你們明月不少人就是這樣做的。」

「原來如此。」墨連若有所思。

青流的心底一涼，他不確定墨連這個回答是否表示她也想走這樣的捷徑，但他很清楚，即使墨連想這樣做他也無權干涉。

他堅持的，不代表別人必須遵守。

本以為墨連會繼續詢問更多關於狩獵編輯的事，沒想到她卻輕輕扯了扯他的袖角。

「我比較喜歡跟你一起狩獵異獸。」

青流愣了下，隨之湧現的是自己也不太明白的喜悅，大概是墨連很得他的眼緣吧。

「真可惜。」茜草惋惜地嘆了一口小小的氣，對著粉色小熊自言自語，「明明就是那麼好的方法啊。對不對，潘尼？」

「她沒興趣，妳閉嘴吧。」青流不客氣地打斷她的話。

「好吧好吧，不說這個了。」

茜草將小熊玩偶的兩隻手臂交叉，甜甜一笑，隨即從抽屜裡拿出一枚未開封的晶片。青流注意到型號與他們慣常注射的不太一樣。

「你要嘗試我們新開發的晶片嗎？擁有定位功能，可以讓你遇到危險時能被及時救援。」

「不要。」青流拒絕，「誰想要自己的行蹤被人別人隨時隨地掌握住，我還想要隱私。」

「安全當然比隱私重要啊。編輯變身後的能力雖然強悍，但誰能保證以後不會出現更強大的人？工會為了保護編輯的安全，想掌握你們的行蹤有錯嗎？」

一道柔美甜軟的嗓音輕飄飄地落下，只見一名與茜草長得一模一樣、服裝風格也相似的少女抱著黃色小熊走下樓梯。她有著淺淡的黃色捲髮與眼睛，笑起來時會露出頰邊的小酒窩。

明明是氣質如蜂蜜般甜美無害的少女，青流的表情卻沉了下來。

編集者は魔法少年

[Scene III]

MAGICAL BOY EDITOR

蕾蜜是出版工會的副理事長，由於理事長請了八星期的產假，對外代表工會的重責大任就落至蕾蜜身上，同時這段時間也由她主導會員大會等事務。

她的工作能力自然是沒話說的，加上外表甜美可愛、總是笑臉迎人，深受不少人歡迎，甚至還有個小型後援會。

但青流與她就像是磁鐵的N極與N極互斥，後者嫌前者個性老派、固執己見，前者嫌後者虛偽假掰、不擇手段。

他們不只看彼此不順眼，理念也有嚴重分歧。

像青流認為編輯應該親自去狩獵作者，而蕾蜜的想法則是——只要能用最快速度獲得作者，就算狩獵編輯也沒關係，不擇手段才是好手段。

雖然她已經不是編輯了，但身為工會成員，她就不需要註銷魔法少女的身分，因此她總是三番兩次地在青流狩獵完作者時變身偷襲，意圖從中攔截紅珠子。

青流很火大，任誰辛苦地打倒異獸後還要再迎來一場戰鬥，都會像他一樣心情不爽；偏偏蕾蜜總是甜甜一笑，理直氣壯地說：「感激我吧，我這是在幫你磨練臨場反應呢！」

於是橙華也火了。一個工會副理事去管星輝文化的編輯是怎麼回事，青小流的上司還沒死呢，要磨練他還輪得到妳？

她向出版工會提出抗議後，蕾蜜才收斂不少，不再故意針對青流，轉而向其他編輯宣揚編輯狩獵編輯的理念。

一開始這種風氣其實還不明顯，就算蕾蜜想大力提倡這種做法，也礙於理事長與其他幾位理事的制衡而無法普及。

然而數月前，原本支持理事長一派的茜草卻突然倒向蕾蜜那一邊。

個性溫柔親切的茜草身為工會的櫃檯小姐，是每個編輯都一定會接到的第一線人員，在她有意無意的煽動下，編輯們逐漸動搖了，誰不想更輕鬆獲得一個會賣的好作者？

何況一個大手等級的作者就意味著他們想像力創造出來的異獸都是高量級，那可不是輕輕鬆鬆就能應付的。

與其辛辛苦苦地戰鬥，從打倒異獸、被消耗體力的編輯手上搶奪珠子不是更快更省事嗎？

有一就有二，在嘗到甜頭後，停手成了不可能的事。

有了妹妹茜草的幫忙，蕾蜜如願地主導起出版界的狩獵風氣，同時鍥而不捨地想要青流加入她的陣營。導致青流這陣子只要一看到她就會臉色很臭、脾氣暴躁。

那晚與墨連從工會離開後，青流沒有立刻回家，而是約了橙華出來打一架。兩人在僻靜的空地上你來我往，武器交擊的聲音不絕於耳，誰也沒留手，直把平坦的水泥地砸出蜘蛛網般的裂痕。

好在這空地是橙華家的產業，她一點也不介意滿地狼籍。

兩人一直打到半夜才解散，青流隔天照常上班，橙華則是光明正大地濫用特權，睡到中午才進公司。

她一句「都是青小流讓我起不了床」頓地引起校稿部門女僕們的騷動，就連擔任會計的老管家也目光如鷹地看來。他拿一疊表單來給青流簽名時，裡面還夾帶一張結婚證書。

差點失手簽下的青流臉都黑了，反倒是旁邊的藍聆向他索要那張結婚證書，喜孜孜地在空白處簽下他的名字——兩次。

「哇賽，藍聆你對自己真的是真愛耶。」橙華嘖嘖讚嘆，「我們大星輝帝國就是需要你這種愛得深沉的人才。」

「哪裡哪裡，我還比不上總編的博愛主義。」藍聆謙虛地說，「真正愛得深沉的人是您啊。」

青流不想理兩個神經病在那邊演戲，他打開電子信箱看看有沒有哪個作者有事聯絡，接著又進垃圾信箱檢查一遍，卻意外地看到一封主旨為「青流編輯您好」的信。

都指名道姓了，青流自然是點開信一讀究竟。

那是一封來自夢想出版社的挖角信，信裡先是讚頌一番青流做書的專業能力，接著再仔細闡述他們之所以成立出版社，正是因為市面上的小說品質參差不齊，帶有色情暴力、怪力亂神、政治宗教傾向與黑道題材的低俗文學氾濫，他們才決定要出來改變這個風氣，希望青流可以加入他們，為出版界注入一股清流，帶來新氣象。

信件內容情真意摯、語重心長，但青流對於牽手以上不能描述的小說可沒有什麼興趣，何況他深深懷疑對方的邏輯被狗吃了。

他們想挖角寫鬼故事的葛月，卻又不許葛月寫怪力亂神。

「腦子進水了吧。」青流嘀咕，十指飛快地在鍵盤上打著字，回了一封委婉的拒絕信，就把這件事丟到腦後，繼續催稿、審稿，看藍圖校對，時間就在忙碌中流逝。

下班鐘聲一響，青流電腦都還沒有關，橙華就已經一拍桌子，氣勢磅礡地站起來宣告。

「我想吃串燒。決定了，我們就去吃串燒吧！我知道有一家居酒屋很不錯。」

她用的是肯定句，人稱也是複數，青流跟藍聆早已習慣了自家總編說風就是雨的個性，東西收拾好就跟著她一起走。

因為是專屬審稿編輯的小聚會，女僕們沒有加入，而是在聚會地點十公尺外默默監視並守候，並再三叮囑青流在居酒屋時要照顧好橙華，因為大小姐是如此柔弱纖細，絕對不能讓她被不三不四的人吃豆腐。

她們敢說，青流還不敢聽。這美化濾鏡是開到百分之兩百了吧？到底是誰給她們的錯覺以為橙華是個弱女子？那個女人不要吃別人豆腐就不錯了。

三人來到一家燈光昏暗、木造裝潢的居酒屋，這裡的老闆與橙華認識，直接安排他們到位置隱密的包廂。

「老規矩，食物我包，啤酒你們付。」橙華一拿過菜單就開始在上面打勾，把串燒類全點了一輪，又加點不少炸物，接著就把菜單遞過去。

青流跟藍聆也沒有客氣，依照他們的慣例，一頓晚餐吃下來，啤酒跟食物的花費通常不相上下，甚至只會更多。

點完第一輪，藍聆就笑容可掬地表示他先去結帳，之後再跟他們收錢。

青流一開始還以為這是藍聆的紳士風度，後來才知道這個人根本是想利用結帳時趁機讓店員看到他的皮夾。

皮夾裡有什麼呢？

有藍聆變身後的自拍照，那秀麗的外貌初看時很容易被人誤會成女孩子。

藍聆最喜歡聽到店員稱讚一聲「你的女朋友真漂亮」，然後他就會帶著如春心蕩漾的笑容回到包廂裡，並獲得青流鄙視的眼神。

馬的，自戀到這種程度，真是天上地下絕無僅有。

不一會兒，烤得酥脆還帶著炭火香味的串燒就一盤一盤地送上，將桌面塞滿了，勾得人食指大動。三人邊吃邊喝酒，想到什麼就聊什麼。

橙華大口吃肉大口喝酒的同時，還不忘八卦一下青流。

「青小流，你最近是不是跟明月家的新人走得近啊？」橙華的笑容很是曖昧猥瑣，「小新人很可愛對不對？」

「誰跟妳說的？」青流斜看她一眼，「我記得妳在明月沒安插眼線。」

「你忘了我當過工會理事嗎？」橙華得意洋洋地回答。言下之意就是工會裡有人通風報信。

「那妳知道茜草她們開發了可以定位的晶片嗎？」青流順著她的話，有技巧地轉移話題。

「開發這個幹嘛，預防寵物走失嗎？」橙華果然被帶跑了，「現在都有寵物晶片了。」

「總編如果想要定位功能，又不想被工會掌控的話，我可以幫忙改造晶片。」

藍聆微笑著毛遂自薦。

「你居然會這個？」橙華訝異地看向他。

「喔，他電子工程學系的。」青流順口說明。

「電子工程學系的來出版社做什麼？」橙華更驚訝了。藍聆是青流面試進來的，她只知道對方與青流念同所大學還待過同個社團，兩人是學長學弟的關係。

「為了遇見真愛。」藍聆看著手機螢幕，一雙桃花眼繾綣又溫柔。

青流不需要湊過去就知道藍聆的手機桌布一定是他自己變身後的照片。

他眼角吊起，對著橙華撇了撇嘴，「我一個會計系都被妳拉進來了，電子工程學系的有差嗎？」

「你是我青梅竹馬嘛，就算你念的是生死系也逃不了要進星輝的命運。」橙華說得理所當然，接著話鋒又一轉，「你剛說的茜草『她們』，是茜草跟蕾蜜嗎？」

「嗯。」青流點點頭，將蕾蜜說過的話轉述一遍。

「可能會出現更強的人？」藍聆抬起眼，沉吟著問，「是指量級十的異獸嗎？」

「我覺得不是。」青流下意識地否決了。量級十的異獸雖然強悍，但因為太稀有了，一旦出現，定會引起編輯們的瘋搶與圍攻，真正有危險的應該是異獸才對。

「她說的應該是……」橙華摩挲著下唇，若有所思。

「是？」藍聆被挑起了好奇心。

「外～星～人～」橙華揭曉答案，三個字被她刻意拉得長長的，充滿神祕感。

「別開玩笑了。」青流根本不相信她。

「我可是很認真的，青小流。」橙華邊咬著雞軟骨邊道，「這個世界很大，什麼事都有可能發生。就像你不知道你會進出版社還變成魔法少年，或是哪一天會有個男作者在隔壁偷偷暗戀你。」

「去你的，說正經的！」青流沒好氣地打斷她的胡說八道。

「正經的就是——好幾年前，真的有另一個星球的人傳訊給工會，希望我們這邊可以打開『門』，讓他們過來投資出版業。」橙華將竹籤丟進小籃子裡，沾了啤酒杯上的水珠，在桌上畫了個簡單的圖，「所謂的門，就跟防護罩差不多。想要進去鄰居家，總得請對方開門吧。」

「後來呢？」藍聆感興趣的問。

「拒絕了。我們這邊還沒打算開放……嗯，外星資。而且他們想投資的比例超過百分之五十，這可是很不妙的數字，出版界很有可能被他們壟斷。」

「這件事跟蕾蜜說的很強的人又有什麼關係？」青流還是找不到關聯性。

「因為他們打進來了啊。」橙華似乎是想起什麼不好的回憶，不快地撇撇嘴，「一個外星人大概抵得上兩個我。好在他們只把門打破一小塊，過來的人不多，我們才能靠人數取勝。蕾蜜後來會提倡編輯狩獵編輯，除了這個方法可以快速獲得作者，她可能也是想讓編輯從廝殺中變強……吧。」

說到後來，橙華又不是很肯定了，畢竟這個手段還是太過極端，編輯的折損率容易變高。

「把外星人打退之後呢？」藍聆又問。

「工會就把門重新封好。不過看到現在的書市慘況，我想他們對投資也提不起興趣了。」橙華攤攤手，又恢復一派沒心沒肺的神色。

這句話說得青流都無言以對了。

真是銷量拉警報，一把辛酸淚啊。

在居酒屋吃飽喝足後，橙華摸摸肚子，興匆匆地跟青流藍聆表示她需要來個消化運動。

青流自然知道她指的運動不是散步那麼簡單。

橙華神色慵懶，像隻饜足的貓，邊走邊有冒出淡橘色的光點，如紛飛的螢火蟲將她包覆在橘色光芒裡；轉眼間，這些光點在下一秒就像被風吹散似的，露出裡面的高挑曼妙身影——

那是一名相貌豔麗、充滿侵略感的女子，嘴角下的小痣卻又奇異地透出嫵媚。長長的橘色頭髮盤在腦後，僅有兩綹垂在耳側，在燈光映照下，髮絲彷彿火焰在舞動。雪白的女式漢服上繡有深淺不一的橘色圖騰，收腰的款式襯得她腰肢盈盈一握，雪峰高聳傲人。

她伸手往旁邊一抓，掌心倏地出現一把冷冽森然的長柄戰斧，柄端叩地，發出渾厚的聲響。

「來吧，讓我們去狩獵狩獵編輯的編輯。」

「太拗口了啦！」青流嫌棄她落落長的口號，「虧妳還是個編輯，是不知道精簡的重要性嗎？」

「這你就不懂了，青小流。現在可是流行十幾、二十個字最好一次就能說完整部小說主旨的書名。」橙華搖搖手指，「像你正在審的那本小說，比起作者給的『進擊吧！戀愛中的幼女』，我覺得『二十八歲的我被迫變身黃髮幼女還要與隔壁家的軍裝主編談戀愛』更加切題。或是來個文藝點的，要痛要傷要多情，文青們才會愛，例如，『一眼瞬間，我為你斷了衣袖，為你傾心終不悔』。」

「放過美編放過我好嗎？」青流實在不想看到封面上塞得滿滿的書名，又不是塞好塞滿就會大賣。

附帶一提，美編也是由橙華家的女僕擔任。

「你們也變身吧，只有我一個很寂寞耶。」橙華自動忽略青流的抱怨，催促兩個下屬加入她的行列。

一個彈指，淺藍色的光絲已迅速將藍聆包圍，他也從俊雅斯文的美青年變成白髮的清麗少年了，還不忘往胸前塞了兩團東西，偽裝成貧乳美少女。

青流則是變成眉眼如畫的青色長辮子少年——如果臉色不那麼臭的話，那副仙氣飄飄的模樣會更有欺騙性。

「不錯不錯。」橙華滿意極了，她又一次讓長柄戰斧的柄端敲擊地面，「出發吧，我會用武力掃蕩一切障礙，讓你們用可愛征服世界！」

「總編英明，能征服這個世界的，也唯有我的可愛了。」藍聆信心滿滿地道。

「馬的智障。」青流不想跟他們講話了，他開始思索是不是要建議工會定期派個心理醫生到出版社去，以免發生編輯受不了同事的神經病而出手揍人的憾事。

「讓我看看……哪裡有編輯可以狩獵呢？」橙華點了下手環，一面像是由光絲編織而成的面板倏地出現，她指尖在上頭滑了滑，隨即紅唇彎出滿意的弧度，「啊哈，我就知道我的運氣一向很好。」

橙華將面板轉向青流與藍聆，兩人都看到葉草區那塊有個紅點亮起，標注在旁邊的數字是八。

「量級八！」青流也震驚了一下，他已經很久沒有看過這麼高量級的異獸出沒了，這下子不知道有多少編輯會蠢蠢欲動。

更重要的是，會現身的編輯絕對是戰鬥力不弱的。淡青色的眸子瞬地燃起熠熠的戰意，手指也心癢難耐地握了握。

「該來消化一下啦，我們走！」橙華收起面板，握著長柄戰斧一躍而起，青流與藍聆跟隨在後，橘藍綠三道光芒如破空箭矢劃過天際。

葉草區離居酒屋不過幾條街，當青流三人到達時，隱隱可見路上與建築物周邊有紅色的光絲流竄，有人已經先布下結界了。

「先找個地方躲起來。」橙華隨意挑了一處公寓的七樓陽臺落下，身後的落地窗漆黑一片，讓她與青流、藍聆能好好地隱在陰影裡。

從這個高度，可以清楚看見下方戰況，龐大如小山的黑色生物每走一步都會踩扁一輛汽車，警報器聲不絕於耳。

但就算擋風玻璃碎裂一地，警報器瘋狂尖叫著，也沒有人探出頭一窺究竟。打從被設下結界後，這裡就成了一個異空間。

「那是什麼？」青流瞇了瞇眼，不是很確定自己是不是今天螢幕盯太久導致眼花，他好像看見那隻量級八的異獸有著上寬下窄的體型，但頂端，或者說頭部上卻有著一叢疑似葉片的東西。

畢竟異獸全身漆黑，青流也只能從形狀猜測那隨風搖晃的東西是葉子。

「蘿蔔吧。」橙華抱著長柄戰斧，饒有興味地打量下方。

「山葵吧。」藍聆一邊調整手機的自拍螢幕，一邊分神瞅了眼。

「是蘿蔔，信我。啊，還有手跟腳呢。」橙華用著發現新大陸的讚嘆語氣道，「不錯不錯，與時俱進，現在異獸也懂得什麼叫做擬人了。」

「那種只長出手跟腳的蘿蔔跟魚算是什麼擬人？去跟擬人化三個字說對不起。」青流都想翻白眼了，想到上一回強迫他求婚的半魚人，長得真是傷眼睛。

「至少跟人沾到邊了嘛。」橙華不在意地笑笑，興致盎然地看著下方越漸白熱化的戰鬥。

那隻有著蘿蔔外形與人類手腳的異獸看起來身形臃腫，閃躲與攻擊的速度卻不笨拙，靈活地左跳右迸，將路面踩得砰砰響，時不時還有物體炸裂聲響起；更別說它頭頂的葉子了，彷佛有生命般的朝灰色短髮女子甩去，力道凶猛凌厲。

有著娃娃臉的灰髮女子卻無視身上的疼痛，依舊不屈不撓地朝異獸逼近。

她一身白襯衫搭迷彩裙，戴著手套、護肘與護膝，手裡的突擊步槍彈無虛發，重重地轟在異獸身上，終於將它龐大的身體轟得向後一仰。

也就是這一瞬，灰髮女子迅速拆解步槍，眨眼間一把黑色長刀出現在手中。又長又鋒利的刀身切進異獸頭部，重重地戳進裡面，再藉由下躍的慣性力道，由上往下猛地一劃——

那是幾乎能將異獸一分為二的深深砍痕！

砰！

一聲巨響後，異獸倒在一輛卡車上，不只壓扁車頭，四個輪胎也因為過沉的重量而爆胎了。

灰髮女子跳到它身上，再一次將長刀扎入，直捅到底，連刀柄都沒入裡頭，將試圖掙扎的異獸完全釘住。它頭上的蘿蔔葉都垂了下來，手腳也不亂動了，堅實的身軀竟開始有坍塌趨勢，像是沙雕遇到海浪一般，嘩啦啦地崩散為大量黑沙。

只見黑沙融進馬路裡，路面上只剩一顆晶亮的紅色珠子在轉動。

灰髮女子大口喘著氣，先前與異獸的戰鬥已經耗了她不少體力，一鬆懈下來，身上立即炸出火辣辣的刺痛，但她看向珠子的眼神是欣喜的。

她彎下腰伸出手——

藍聆收起手機，輕飄飄地站在圍欄上。橙華唇角噙著笑，但美眸閃過銳利又充滿侵略的光。青流雙手一甩，兩柄暗金色鋼鞭霎時間出現在手中。

灰髮女子撿起珠子的那一刻，一抹白光猝不及防地朝她後背射來，強勁的力道撞得她往前一撲，她一咬牙，及時用長刀撐住身子，扭腰一轉。

下一秒，長刀變回步槍模樣，子彈上膛的聲音響起；可是灰髮女子的氣勢終究無法與最初相比擬了，面對接二連三襲來的白光，她應付得左支右絀。

包在白光中的是一顆顆拳頭大的鋼球，雖然不似子彈般擁有可怕的殺傷力，但在高速發射下所夾帶的衝擊力也不容小覷。

灰髮女子被兩顆鋼球分別打中胸口與左手腕，她疼得扭曲了表情，狼狽地摔倒在地，紅色珠子從鬆開的左掌心裡滾出。

被另外一隻潔白的手撿起。

穿著暗紅緊身皮衣、超短三角皮褲的性感女子慢條斯理地將珠子嵌進手環裡，對著灰髮女子輕蔑一哂，轉身就要離開。

咚咚！兩柄鋼鞭以迅雷不及掩耳之勢釘在她的腳尖前，止住她的腳步。

緊隨其後的是青藍橘三道身影的落下。

暗紅皮衣的女子後躍數十公尺，雙手一揮，團團白光從身體兩側飄起，下一瞬就直直對著青流三人擊去。

青流飛快拔起地上的鋼鞭，身姿靈活地閃避那些來勢洶洶的白光。兩柄鋼鞭時而交叉震飛鋼球，時而往前一抽，擊回鋼球，意在打亂皮衣女子的攻勢節奏。

橙華的長柄戰斧揮舞得虎虎生風、厲芒森然，這種武器既是斧也是槍，兩種攻擊方式交錯使用，很快地就到了皮衣女子半徑三公尺的範圍。

藍聆則是在鋼球朝自己射來時，才意思意思地揮出柳葉刀擋下攻擊，另一手還握著手機，時不時來張自拍，偷懶意味濃厚。

灰髮女子看著他都有些無言了，不知道這人到底來這邊做什麼。

皮衣女子眼見青流與橙華正一左一右地朝她包夾而來，迅速跳上空中，身後倏地亮起七、八團白光。

一口氣同時操控這些鋼球似乎讓她體力耗費不少，臉色變得有些蒼白，額際也滲出汗水。

「總編妳不上去沒關係嗎？」藍聆見橙華沒有跟著跳起，分神關心了一句。

「沒關係。」橙華氣定神閒地往上看，還忍不住回頭對藍聆感慨一句，「你看，含蓄才是美德，露太多就會變成唾手可得。我的變身策略果然才是正確的。」

聞言，灰髮女子默默地將迷彩裙往下拉一點。

「橙華妳找死！」皮衣女子橫眉豎目，雙手如揚翅般地舉起再往下用力一揮，鋼球如疾射的子彈朝下方的橘髮女子猛烈襲去。

「錯錯錯，我這個人只會找碴跟找麻煩，就是不擅長找死。」橙華笑了，眉眼豔麗無雙，流轉過一抹算計，手裡武器快速旋轉，轉出一朵朵凌厲的光之花。

皮衣女子暗暗一驚，才發現原本該在右邊的青流竟不知不覺消失了。

「人呢？跑到哪裡去了？」她一邊焦灼地東張西望，一邊再次調動力量，白光亮起。

「在妳後面啊！」青流的眼神熾亮，笑得猙獰，那是對狩獵的勢在必得。

螳螂捕蟬，黃雀在後！

兩柄鋼鞭結合在一起，瞬間如長鞭般從她後方狠狠砸下。凌厲風壓不只將那些還來不及發射的白光轟散，暗金色的鞭身也重重揮打在皮衣女子的後背，毫不留情地將她從空中擊落在地。

這一下又快又狠，那股衝擊力竟把柏油路都砸出碎屑，也將皮衣女子摔得七葷八素，陷入了昏迷。

青流輕巧地落地，將女子手環裡的紅珠子挑出。注意到灰髮女子的視線隨著他手中的珠子轉，不過表情倒不是緊張，而是有些無奈。

「你們就不能早點出手嗎?省得我被打那麼慘。」

「妳不被打倒，我們怎麼狩獵打妳的人。」青流對她咧嘴一笑，將紅珠子在掌上拋了幾下就丟過去。

灰髮女子如獲至寶般地小心捧住，終於鬆了口氣。

「被打慘一點，灰櫻妳才會深刻體會到我們的好。」橙華抱著長柄戰斧，說得理所當然。

灰櫻被這兩人你一句我一句堵得噎住，無力地將珠子嵌進手環裡，不想理他們。

「臉沒事嗎？」藍聆也往這邊走來，漂亮的桃花眼打量著灰髮女子完好無缺的娃娃臉。

「嗯，還好沒事，謝謝關心。」灰櫻朝他露出友善的笑，心有餘悸地摸了下臉。如果被鋼球正面砸上，就真的要破相了。

青流用著「好傻好天真的眼神看她」。藍聆那句話的意思其實是：本來想等看看妳會不會被打到臉，降低可愛程度的，可惜臉居然沒事。

因為灰櫻有著一張介於高中生與大一生氣質的娃娃臉，學生制服款式的白襯衫再加上迷彩裙，又將她的年齡層往下拉了不少。

「這次來偷襲的編輯居然只有一個人？」橙華轉著脖子東張西望，沉沉夜色裡不見絲毫流光出現。

「可能路上發現彼此存在，就先打一架了吧。」青流聳聳肩，倒是有些打不過癮的惋惜。

「我有請同事幫我巡邏。」灰櫻解釋，「應該是他們把其他人都攔下了，結果反倒被你們溜進來。」

幸好來的人是橙華他們，否則辛辛苦苦打倒了量級八異獸，珠子卻被人輕鬆攔截，跟做白工差不多。

灰櫻揮手撤下結界，空氣波動輕輕震顫一下，戰鬥痕跡全都消失了，周邊景物完好無缺，車子也不見任何被踩扁的痕跡。

「她怎麼辦？」灰櫻有些苦惱地看著昏過去的皮衣女子。

「叫工會的人過來扛。」橙華解除變身，拿出手機直接撥通工會裡的電話，「喂，茜草，我是橙華，有個編輯被打昏了，妳們派個人來處理吧。」

也不管手機另一端的人還想再說什麼，她念完一串地址就掛了電話。

「學長，你幫我看一下這兩張哪個好？」藍聆看著手機相簿裡的照片，來回滑動的指尖透出猶豫，像是在決定要刪哪張。

「左邊。」青流連湊過去看都不想，隨口說一個。往昔的經驗告訴他，會讓藍聆猶豫不決的自拍照，在他看來根本毫無差別。

「還是都先留著吧。」藍聆實在太難以做出取捨了，左邊照片裡的人明眸皓齒，右邊照片則是笑靨燦爛。

青流一副「我就知道」的表情，他看向橙華，「就地解散？」

「解散吧。」橙華擺擺手，看向不遠處正緩緩駛來的黑色轎車，「今天的運動量夠了，我想回去看劇，有誰要搭便車嗎？」

「請務必載我一程。」藍聆笑容可掬地說。

「我留下來等工會的人吧。」灰櫻也不好把皮衣女子丟在馬路上不管，尤其對方現在昏迷中，變身狀態解除不了，那身暗紅皮衣曝露又性感。

「我就……」青流的話還沒說完，注意到灰櫻看過來的眼神欲言又止，到舌尖的話就一轉，「我就陪灰櫻吧。」

目送橙華與藍聆上車後，青流恢復原本模樣，從口袋裡摸出兩根棒棒糖，一根遞給灰櫻，一根咬在嘴裡，用眼神示意她說話。

「你週末有空嗎？」灰櫻接過棒棒糖後也解除變身，除了學生制服與迷彩裙變作一般休閒服，灰髮變棕髮，外表並沒有什麼變化，依舊是那張娃娃臉。

「想幹嘛？」青流擺明了就是有事先說清楚，他再考慮的態度。

「想找你……陪我相親。」灰櫻有些不好意思地撓撓臉頰。

「我，跟妳……」青流含著棒棒糖，目瞪口呆地指著自己，「相親？」

「不是不是。」灰櫻連忙解釋，「是想請你假裝我男朋友，讓我可以拒絕對方。」

「怎麼突然要相親？妳家人介紹的？」青流下意識往這個方向猜。畢竟編輯白天審稿，晚上打怪，假日補眠，想要發展個戀愛關係都沒什麼時間；內部消化更是難上加難，都看清彼此面目可憎的真實樣了，哪還會想在一起？

「是我作者介紹的。」灰櫻也很無奈，「她知道我單身後，一直嚷著要幫我介紹對象。我本來以為她是開玩笑的，結果昨天就叫我一定要把星期日空出來，說替我安排好相親了。我拒絕不了，才想說請你陪我一起去，直接速戰速決。」

「吃個飯喝個茶都不要的那種速戰速決？」青流確認地問。

「對。」灰櫻斬釘截鐵地說，難得一反之前的溫和態度，「我現在很懶，連認識新朋友都不想要。」

「那沒問題，妳再傳訊息跟我說時間地點。」青流咬碎糖後，一口應允。

編集者は魔法少年

[Scene IV]

MAGICAL BOY EDITOR

星期日中午豔陽高照，熾熱的溫度讓柏油路看起來都像扭曲了一樣，似乎還有絲絲熱氣蒸騰而起。

青流躲在咖啡店的屋簷下，一邊看著手機一邊瞄向店裡頭，眉頭越皺越緊，一臉彷彿被人欠了多少錢的凶惡表情讓路過行人紛紛繞道。

青流又打了一次灰櫻的電話，但是鈴聲響了又響，就是沒有人接，最後轉成語音信箱。

不只手機不接，LINE也沒回，打到她公寓也是同樣狀況。

「搞什麼鬼。」青流有些焦慮，眼見時間一分一秒流逝，灰櫻就是沒出現，他開始擔心她是不是碰上什麼麻煩了。

他側頭看向咖啡店裡的一處座位，那邊坐著一名穿黑色休閒服的高大男人。

一手安排相親的作者並沒有給灰櫻照片，說是想給她一個大驚喜，唯一透露的線索就是黑上衣，個子很高，很有冷酷霸道總裁風格的感覺。

青流當時看著灰櫻傳過來的描述只想哈哈大笑，但在咖啡店外一邊等人一邊瞄著裡面時，還真的讓他一眼就發現了目標人物。

偏偏要與霸道總裁相親的小編輯遲遲不來，眼見這樣下去是耗著彼此時間，青流當機立斷走進咖啡店裡找上灰櫻的相親對象。

「先生，不好意思。」

黑衣男人抬起頭，五官冷峻，臉龐線條刀削斧刻似的，尤其是那一雙鳳眼，有種讓人望而生畏的凌厲感。

青流內心瞬間閃過陌名的熟悉感，但是他又非常確定，他真的沒見過這個人。錯覺吧。他不以為意地甩掉那些想法，在注意到男人因為他的出現而臉上閃過一抹吃驚時，他忙不迭將自己的來意說清楚。

「我是灰櫻的朋友。」他客氣地自我介紹，試圖放緩眉眼間的凶悍，「她臨時有事沒辦法來，請我來通知你。」

餘光瞥見桌上的帳單，青流飛快地拿起，並對著男人一笑，「讓你等這麼久實在不好意思，這杯咖啡由我請吧。」

說完，也不等男人回應就大步走向櫃檯，主動結了帳，擺明自己就只是個傳話人，連交集都不需要有。

青流走出咖啡店時還是忍不住回頭看了幾眼，明明他與黑衣男人是第一次見面，但心裡就是有種古怪的熟悉感。

太詭異了。他走走停停，最後抿了抿唇，鬼使神差地舉起手機，利用機身擋住黑衣男人的半張臉，只露出一雙鳳眼

又長又厲，深邃如淵的鳳眼正盯著他不放。

「我靠！」青流終於知道那股似曾相識的感覺是從哪裡來的了！

灰櫻的相親對象居然是白陌——那個讓葛月羨慕不已、立志以其為目標、稱霸書店排行榜的大神級作者！

「見鬼了灰櫻，妳就算不想相親不想認識新朋友，來見作者總可以吧，這可是難得跟白陌面對面的大好機會啊！」青流死命戳著手機，巴不得對方可以立刻出現。

但是直到星期日都過完了，灰櫻仍舊沒有任何回應。

青流放不下心，星期一一上班就直接撥打灰櫻任職的出版社電話，卻獲得一個驚人消息。

「辭職了？怎麼可能！」他不敢置信的問道，聲音大得讓藍聆跟橙華都看過來，「她前幾天不是才狩獵了量級八的作者？」

電話另一端的人語氣更不好了，嘟嘟囔囔地抱怨一通，聽得青流的神色越來越凝重，眉頭緊皺。

「怎麼了？」橙華語氣嚴肅。

「灰櫻辭職了。」青流放下話筒，捏捏眉心，「據她同事的說法是連上回獵到的作者都沒有交給出版社就直接走人，他們主編氣炸了。」

「不可能。」橙華下意識否決。

「我也覺得不可能，那傢伙根本是用愛在替出版社工作，把自己的肝當拋棄式了，哪會說走就走，甚至連交接都沒有。」青流頓了一下，隱隱覺得這狀況好熟悉。

「我說，最近是不是有不少編輯突然離職？」橙華摸摸下巴，「我知道的就有兩個主編、四個資深編輯，再加上灰櫻的話，七個人了。」

「這個時間點的離職率似乎太高了？」藍聆遲疑地問。

「突然遞辭呈，沒有交接，留下爛攤子，後面就聯絡不上，還都是工作七、八年以上的老人，每個人手上都有好幾個暢銷作者……來問問我的暗樁好了。」

橙華一邊拿起手機點開通訊軟體，一邊發號施令。

「青小流，你繼續找灰櫻。藍聆，你負責去跟那些離職編輯所帶的女作者們打聽打聽，發揮好你的魅力，不要破壞你王子系的人設。」

也就是不要故意拿出變身後的自拍照跟人炫耀「這是我女朋友，美不美」。

「交給我吧！」藍聆微微一笑。

他臉龐俊雅，一雙桃花眼專注看人時，容易給人情意綿綿的錯覺，常勾得女作者心跳不已，一不小心就對他掏心掏肺，把能說不能說的事都說了。

青流靠在椅背上，腦袋裡不斷思考灰櫻的事。他與灰櫻認識好幾年了，灰櫻個性溫和、做事謹慎，一聲不吭就離職走人完全不是她的風格。

尤其最不合理的是，辭呈的確是灰櫻親手交給上司的。

從狩獵量級八異獸那天到星期日的相親，這段時間內究竟發生什麼事，讓灰櫻的作風出現一百八十度地轉變？

青流抓了抓頭髮，越想越頭大。

灰櫻的臉書、IG等社群軟體都沒有任何新貼文與回應，LINE也一直顯示在未讀狀態，手機更是直接關機。

青流別無他法，只好直接殺去灰櫻租的老公寓按門鈴，刺耳的門鈴聲沒有逼出屋裡的人，反倒是把鄰居吵出來了。

鄰居說灰櫻有夜跑的習慣，他加班回家時，常會遇到剛好要出門的灰櫻，但是這幾天都沒有遇到，不知道是不是出國旅遊了。

青流沒有灰櫻老家的電話，也不認識她編輯圈以外的朋友，線索算是徹底斷了。

他來到公寓一樓大廳時，還偷偷趁著沒人去偷看了下灰櫻的信箱，信箱上貼著掛號無人收取的招領單，堆在裡面的廣告信有些多，明示著主人已經好幾天沒來整理了。

這狀況怎麼看怎麼不對勁。

青流心情不好地踏出外牆斑駁的老公寓，但走沒幾步時，他忽然停下腳步，猛地扭過頭，敏銳地察覺到一道窺探的視線。

有人在看他。

不過那種被偷看的感覺很快就消失了。陽光刺眼，青流無法捕捉到對方的詳細位置，他皺了下眉頭，決定晚上再來查看。

今晚的雲層有些厚，月黑風高，天際彷彿都罩著一層朦朧的紗，放眼去有種霧濛濛的錯覺。

電線桿上的監視器裝飾大於實用，鏡頭上蓋著一片厚重的灰。青色長辮子的纖細少年居高臨下地俯視著巷弄，等待著一個無人無車的時機。

當住戶家的電燈一盞盞熄滅，巷子裡越發幽暗，只餘路燈蒼白的光芒映照著一切的時候，青流動了，他足尖點在空無一物的虛空上，悄無聲息地潛入灰櫻位在老公寓四樓的租屋處陽臺。

讓他詫異的是，落地窗竟然沒有上鎖。

青流靜悄悄地將落地窗拉開一條縫，並不急著進去，而是仔細傾聽著屋裡動靜，確認是否有人在。

客廳靜悄悄的，青流聽得最清晰的反而是自己的呼吸聲。

算了。他乾脆將落地窗全部打開，同時將鋼鞭招喚出來，握在掌中。

編輯變身為魔法少年後，不只身體機能變好，五感也會提高，青流相當順利地找到了牆上的電燈開關，暗暗希望灰櫻家可別像個腐海之森，就像橙華的主臥室一樣。那女人老是胸罩、內衣、絲襪亂丟，讓他寸步難行，也不知道視線該往哪裡放，好在他最後對這個狀況徹底麻痺了

一開燈，熾亮的白光立即驅走黑暗，青流眨了幾下眼，很快就熟悉屋裡的亮度。

灰櫻的客廳乾乾淨淨，東西擺放得很整齊，引起青流注意的是沙發角落的錢包，證件與信用卡都在裡面，還有好幾張現鈔。

如果灰櫻真的去了哪裡，不可能不帶錢包就出門。青流將錢包收在一個隱密的地方，繼續去查看其他地方。

房間、廚房空無一人，水槽裡放著未沖洗的杯盤。桌上有一杯未喝完的飲料，已經散出酸臭的味道了。浴室的大洗臉盆還泡著待洗的髒衣服。

唯有手機不見蹤影。

這情況讓青流有種灰櫻是事情做到一半，突然從屋子裡消失的。

這個認知讓他心頭一凜，拿出手機打算通知橙華帶人來做個地毯式檢查。

然而號碼還未按下，被注視的感覺又來了。

青流飛快地轉過頭，看到對邊的公寓有個人影拿著什麼，不知道是不是與他對上視線，咻地就縮了下去。

那人躲藏的動作很快，但青流更快，他拔腿衝出客廳，從圍欄一蹬出去，身形翩翩如展翅的鳥兒，轉瞬間就落到一巷之隔的公寓四樓陽臺。

在對方驚恐地想要扔掉望遠鏡逃進屋裡之際，青流拎住那人的後衣領往地板上一摔，毫不客氣地壓在那人上方，目光銳利如刀。

「你偷窺那個地方多久了？」

「沒沒沒！我沒有偷窺！」看起來像大學生的年輕男子慌亂地喊著，雙手遮住眼睛，但從指縫間卻可以發現他仍在偷瞄。

「說！」青流如畫的眉目此刻凶狠無比，手中鋼鞭一轉，倏地擦著年輕男子的頸側捅進地面磁磚裡。

「咿啊啊——不要殺我！我不是故意要偷窺的！」年輕男子嚇壞了，哆哆嗦嗦地解釋著，「我就是、就是無聊的時候才會拿望遠鏡四處看。」

「有看到什麼不對勁的嗎？」青流質問。

「呃……看到你算不算？」年輕男子小小聲地說，在看到青流臉色一沉，連忙喊道，「我白天、白天有看到一個長相凶惡的男人進去公寓，他還翻住戶的信箱，感覺就不是什麼……好人。」

注意到長辮子少年的神色變得古怪起來，男子緊張地吞吞口水，細若蚊吶地吐出最後兩字。

被打上可疑人物標籤的青流心情有點幹，他一手拔起鋼鞭，一手將年輕男子從地板上提起，讓對方背部靠著圍欄說話。

「前幾天呢？你在那間公寓還有看到什麼？知道屋主去哪裡了嗎？」

「啊，你是說那個一下染灰髮一下染棕髮的女生嗎？」剛回答完，年輕男子就驚覺自己根本是此地無銀三百兩，他小心翼翼地偷瞄著一身古風打扮的少年。

簡直像神仙一樣，如果此刻不是一副「我揍死你」的表情會更好。

「就是她。」青流心裡一喜，急切問道，「她怎麼樣了？」

「她她她……」年輕男子吞吞吐吐，「前幾天我看到有個穿黑色連帽斗篷的人像你一樣從落地窗進去，那個女生跟黑斗篷好像認識，講了一會兒話，然後……那個黑斗篷突然出手弄暈她，扛著她就從四樓跳了下去……」

「你說什麼？」青流的眸子由細睜大，再一次揪住他的衣領，「前幾天是哪一天？」

「星、星期六晚上。」年輕男子緊張地看著那隻手，深怕不小心抓得緊了會把自己勒死，看看剛剛那根捅進地板裡的棍子就可以知道。

青流不自覺加重揪衣領的力道，腦海裡思緒流轉，試圖釐清這三天有可能發生的事。星期六被抓、星期日失約、星期一出現辭職，是被威脅了嗎？但威脅辭職的意義在哪裡？

「咳……神、神仙……」

青流沉吟著，越想越覺得自己陷入了死胡同。

「神、神仙，我要死了……真的要、被你勒死了……」年輕男子踢著雙腳，想辦法要掰開青流的手，臉龐漲紅起來，看起來真的快沒氣了。

「死不了的。」青流終於鬆開手站起來，「除了這個之外，還有什麼奇怪的事嗎？」

年輕男子摸著喉嚨大口吸氣，一聽到青流的詢問，立即擠出聲音，「沒、沒有了。她每天都很規律地去夜跑，只是回來時間不固定，穿的衣服也會變來變去，像是出去時是運動服，回來時改穿白襯衫跟迷彩裙。」

「你看得可真仔細啊。」青流不悅地瞅著他，手裡的鋼鞭有一下沒一下地輕敲著磁磚，發出清脆的金屬聲，「偷窺不少日子了吧？」

年輕男子噎了噎，發現自己說得太順了，連不該講的事也一併講出。

「不過看在你提供情報的分上，今天勉強放過你。」青流手腕一收，鋼鞭柄端在地上劃出一道半弧。

年輕男子懸著的心頓時放了下來，顫巍巍地吐出一口氣。

「但是，以後再敢偷窺別人的話……」青流輕巧躍起，晚風吹得他髮絲飄揚，在一片夜色裡恍若謫仙落凡。

他轉過頭，對著年輕男子彎出一抹笑，笑裡的殺意幾乎要滿溢而出。

「老子就把你的老二打斷！」

他手一甩，暗金色的鋼鞭猝不及防勁射而出，正好斜插在年輕男子的褲襠前，將陽臺的磁磚地板又戳出一個洞。

年輕男子臉色發白，捂著下身瑟瑟發抖，眼淚都快被嚇出來了。

離開灰櫻公寓所在的巷弄後，青流前去了出版工會。這時間的工會還亮著燈，幾個未解除變身的編輯就坐在桌子邊聊天吃零食，也有人順便聯誼一下。

同公司的編輯因為相處久了，不太好內部消化，但不同公司的至少還不會相看兩厭；再加上來工會的人都會維持變身後的完美模樣，因此工會就乾脆設了個聯誼區，幫助那些曠男怨女增加戀愛經驗值。

青流大步走向櫃檯，正在用手機看劇的粉紅色長髮少女若有所感地抬起頭，粉唇彎彎，露出一個甜甜的笑。

她仍舊是一身繁複又華麗的蘿莉塔裝扮，臂彎裡坐著粉色的小熊玩偶，她時不時會摩挲幾下小熊毛茸茸的腦袋。

青流也不囉嗦，開口就提出要求，「幫我查一下最近的編輯，有誰的變身造型是有黑色連帽斗篷的？」

雖然綁走灰櫻的人有可能是額外再穿上斗篷，青流還是想碰碰運氣。

「黑色連帽斗篷？」茜草納悶地看著他，十指還是飛快地在鍵盤上飛舞起來，一面光幕倏地在前方展開，密密麻麻的資料與圖片紛湧而出，「怎麼了，發生什麼事了？」

「有人看到灰櫻是被一個穿黑色連帽斗篷的人帶走的，扛著她從四樓直接跳下去，這可不是一般人能做到的事。」

「有人看到？」茜草查資料的動作頓了下，「我記得，灰櫻住的那一區應該沒有監視器吧？」

「沒事，那傢伙我解決了。」青流無意討論偷窺的年輕男子，擺手帶過話題，「快幫我查一下。」

「我是很想幫你找到這個人，不過……」茜草將光幕轉向青流，裡面跳出一個大大的「查無此特徵」。

青流眉頭一皺，盯著她看，「妳怎麼知道她那裡沒有監視器？」

「當然是灰櫻告訴我的。」茜草撫摸著粉色小熊玩偶，一點也不在意他尖銳的目光，「橙華叫我派人去回收赤雁的那天，我跟灰櫻有聊了一下。」

她似乎是被自己說的「回收」兩個字逗樂，捂著嘴偷偷地笑。

「妳笑點也太低。」青流鄙夷。

「咳。」茜草放下手，小臉恢復正色，一雙粉紅色的眸子沁出柔軟與甜美，「而且灰櫻不是沒事嗎？她前幾天才來工會註銷晶片、繳回變身手環。」

「註銷晶片、繳回手環？」青流愕然的瞠大眼，聲音不自覺拔高，引得附近的編輯紛紛看過來。

甚至有幾個人已經離開座位，正往櫃檯這邊圍過來，臉上是毫不掩飾的探究。

「什麼什麼？我剛剛好像聽到灰櫻註銷晶片跟繳回手環了，她是不想待出版業了嗎？太奇怪了吧，她的個性不像這種人啊。」

「這是第幾個了，最近是離職潮大爆發嗎？怎麼一堆編輯都在離職。」

「拜託，如果是正常的離職還好，聽說山海社的編輯是直接把辭呈甩在總編桌上，轉身就走，連交接都不肯做。」

「太離譜了吧！不交接是要害死其他同事嗎？又不是他肚子裡的蛔蟲，哪知道他的進度做到哪裡。」

「說得沒錯！我們公司也走了一個，留下一堆爛攤子不說，我還得接手她負責的那些作者。我手裡就有十個人了，再加上五個要重新磨合的新作者，害我現在天天加班，還被作者抱怨對他們不夠上心。」

「你也太慘了吧！」

「不覺得很奇怪嗎？這陣子走的都是主編級人物或是資深老編輯，做出來的事都跟他們平時的作風不太合，而且一離職後就完全聯絡不上了。」

一名編輯若有所思地低語，這同時也是青流心裡最大的疑問。

「欸欸，茜草，妳有發現那些辭職的人有什麼不對勁嗎？」又有一人問道。

「這個我也不太清楚呢。」茜草沉吟了一會兒，又搖搖頭，「他們來找我註銷晶片跟繳回手環的時候，看起來都很正常。」

青流暗叫不好。晶片一旦被註銷，他就無法請茜草查詢這些人的身體狀況是否安好。

「所以啊，」茜草笑盈盈的從抽屜裡拿出一枚未開封的晶片，「我覺得大家重新注射新晶片比較好。新版的智能晶片有定位與偵測系統，可以隨時隨地掌握到你們的位置喔！」

幾個編輯交頭接耳地低低討論起來，也有人心動地拿起晶片在手裡翻看。

茜草微笑坐在椅子上，端詳著所有人的表情變化，指尖在粉色小熊玩偶的頭頂上輕輕地點了又點，彷彿在譜著一首曲。

青流雙手抱胸，眉頭緊皺，嘴唇抿成一條直線，仍舊持反對意見。

「工會的存在是為了保障編輯權益，而不是掌控編輯隱私權，妳不覺得這東西有點過頭了嗎？」

「放棄隱私換來安全與便利，我覺得滿好的啊。這樣你們想找人的時候就不會找不到了。」茜草一點兒也不在意青流擺的臭臉，柔柔地說，「而且也不是現在就要強制你們注射，這禮拜五工會要開會，新晶片的事會納入討論的，再麻煩跟你們總編說一聲。」

青流「嗯」了一聲，腦海裡隱約有什麼閃過，但是太凌亂了，就像是一團綿線糾纏在一塊，需要仔細釐清。

他沒有再搭理茜草與其他編輯們的聊天，大步走出工會大門，一抹淡黃色的身影恰好與他擦肩而過。

青流驟地停下步伐，對方也同時回過頭，嬌俏的臉蛋上是比蜂蜜還要甜美的微笑。

「晚安，青流，真開心你也開始狩獵編輯了。」

「蛤？」青流挑了下眉，只覺得這句話來得莫名其妙，「我什麼時候狩獵編輯了？」

「赤雁不就是被你跟橙華打倒的？」蕾蜜抱著黃色小熊玩偶，淡黃色的眸子閃動著愉悅的光芒。

「那是她想偷襲灰櫻。」青流不高興地說。

「四捨五入就是狩獵編輯了。」蕾蜜笑得眉眼彎彎，聲音甜軟悅耳。

落在青流耳中卻覺得刺耳。

「妳邏輯有病吧。我狩獵……」覺得自己快要變得跟橙華一樣在繞口令，他乾脆地道，「我攻擊赤雁不代表我要搶作者，而且珠子最後也被灰櫻帶走了，這跟妳當初主張的理念可不一樣。」

蕾蜜一向堅持編輯就該用最快的手段獲得最好的作者，不用浪費時間在不必要的事情上。

「對現在的我來說，只要你們加入狩獵就足夠了。」穿著蘿莉塔洋裝的淡黃長髮少女不以為意，「這樣才能看看究竟誰的戰鬥力強。」

「為了妳說的那個有可能出現的敵人？」

「是為了出版界好。」蕾蜜抿唇淺笑，腳步輕快地往裡面走。

走了沒幾步她像是想到什麼，擺動起黃色小熊玩偶的手對青流揮了揮。

「對了，跟哈尼說一下晚安吧。」

「滾妳的。」青流直接給了一記中指當作回應。

編集者は魔法少年

[Scene V]

MAGICAL BOY EDITOR

不知道是不是因為這陣子的古怪離職潮，讓被迫接手一堆爛攤子的編輯們焦頭爛額，青流晚上去夜間巡邏時都沒碰上幾個人，連代表暢銷的量級七異獸出現時，居然也沒有編輯出來狩獵。

一身翩然白底漢服搭黑色布褲的長辮子少年踩在虛空上，慢條斯理地舔著棒棒糖，如畫的眉眼好似沾著不食人間煙火的脫俗天真。

但是在發現鐵皮工廠外的黑色水母後，他翻了個大大的白眼，那出塵的氣質立即散得一乾二淨。

黑漆漆的巨大水母飄在半空中，數十條觸手各捲著一罐噴漆，靈活地在白灰色鐵皮上噴出一個又一個字，速度如筆走龍蛇，字跡鐵畫銀鉤，出版社美編看到都要大讚一聲好。

但是寫什麼不好，偏偏要寫需要被消音再消音的十八禁內容。

滿牆的種馬後宮、金槍不倒、王霸之氣撲面而來，寫到關鍵部位，黑色水母還會貼心地用鮮豔的噴漆強調再強調，就是要讓人一眼看到這篇寫得活色生香的小黃文。

「馬的，寫得還真好。」青流不是很想誇獎異獸，畢竟隨意在別人家牆上塗鴉可是犯法的，但編輯的天性讓他無法不誇獎。

水母寫完前牆就移到空白的右牆繼續寫，覆在身體上的皮層一收一縮，如同輕紗舞動。數十條觸手上上下下，噴出來的字也在描寫著男主角上上下下。

眼見劇情已經快要往一男多女的方向發展，青流指尖一動，一縷縷青色光絲飛速散開，將以黑色水母為圓心的半徑數百公尺都圈繞住。

結界設立完成。

他拿出手機對著寫滿小黃文的鐵皮牆拍了照做個紀念。如此人才，就算他在編輯這一行心如止水一陣子，看到都忍不住心動了。

喀喀喀地咬碎棒棒糖後，青流飛快傳訊問墨連有沒有空、要不要來做個戰鬥訓練，並附上所在位址。

「馬上到」三個字幾乎是緊接在後地跳出來。

青流滿意地收起手機，伸手往前方一抓，一柄暗金色鋼鞭旋即憑空出現在他掌心裡。

黑色水母似乎沒有察覺到還有第二個人的存在，沉浸在自己的文思泉湧中，別人是一次寫一行字，它是數十行字同時進行。

這樣的效率，若是教青流在作者跟黑色水母之間選一個，他覺得自己一定會毫不猶豫地舉起水母的觸手——前提是那上面不要有刺絲囊螫傷他。

青流無聲無息地緩緩落在黑色水母後方，明明雙方距離還有數公尺，一條觸手卻猛地鬆開噴漆，唰地朝他揮來——

簡直像背後長了眼睛。

青流迅速向後一跳，避開鞭似的攻擊，同時他也注意到水母圓傘狀的身體上竟有兩個小小的紅點，正閃著詭異的紅光。

一般的水母都是靠傘狀體邊緣的感官器官來分辨光亮與黑暗，但異獸不同，它們有著漆黑外形與紅色眼睛。

青流暗罵自己居然大意了，立刻後退數步，快速與對方拉開距離。隨即他發現一旦他退到某個範圍後，黑色水母的觸手就不會再打過來，而是重新捲起噴漆，繼續它的小黃文大業。

那專心致志、認真向上的態度讓青流不得不佩服，根本就是一隻天生要寫小說的異獸。

眼見需要馬賽克的字眼越來越多，青流不忍心工廠老闆明天一早看到鐵皮牆會被刺激得心跳過快、血壓升高，他再次蹬地而起，對黑色水母展開攻擊。

一旦鋼鞭被觸手捲住，他就毫不猶豫地鬆手，五指再一握時，又一柄新鋼鞭出現在掌中，與黑色水母展開攻防戰。

在與黑色水母纏鬥了一陣子後，青流手裡的鋼鞭出現細微的變化，前端變得更尖更細，就像針尖似的。在一條觸手靈活的朝他纏來時，他手腕使力，鋼鞭如揮刀似地往下一斬！

青色汁液噴濺而出，被斬斷的那截觸手在地下扭成一團，顫顫抖動。

就在這時，一抹黑色人影無預警從巨大水母的另一端襲來，三道白爪痕劃破夜色，也劃破水母的身軀。

突然加入戰場的少女穿著一襲繡有白色圖騰的暗黑漢服，黑白兩色的長髮飄揚空中，白瓷般的小臉無波無瀾；但在看見青流時，一雙眸子像會發光似的，如打磨過的黑曜石。

「來，不要客氣，量級七的，儘管打！」青流咧嘴一笑，鋼鞭揮甩間，又有一條觸手被他悍然斬裂。

墨連手上的勾爪錚亮森然，各有三根尖銳爪子，在青流牽制住黑色水母時，她從觸手間的空隙鑽過，專挑碩大的傘狀身體攻擊。

雖然異獸的外形是輕飄飄、軟綿綿的大水母，它的防禦力卻出忽意料地高，墨連的爪子在傘狀體上劃出錯綜交雜的白痕，也僅只造成皮外傷。

或許是被兩人你一下我一下的襲擊弄煩了，黑色水母所有的觸手突地一鬆，一罐罐噴漆被扔在地上，發出哐噹哐噹的響亮聲音。

只見它傘狀體的皮層與底下的特殊肌肉快速擴張後再收縮，像個小砲彈般往上一衝，搶先占據了制高點。

青流抬頭看上去，飄在空中的異獸如同一朵打開的雨傘，月光穿過帶著透明感的黑色身體，有種奇異的美感，比半人魚、會走路的蘿蔔都好看多了。

「我來當餌，妳攻擊它眼睛。」

「好，你務必小心。」墨連殷切囑咐。

青流輕點了下頭，如疾射的箭衝向黑色水母，同時將鋼鞭組合成棍類兵器。

他可以同時召出來的鋼鞭是四柄，現在有兩柄在手上，另外兩柄則被當作射擊武器使用。當它們的尖端碰觸到水母時，就會瞬間消失，然後又是兩柄鋼鞭重覆一樣的動作。

如此往復循環，就像是有無數的鋼鞭如驟雨般射向異獸。

再加上青流的攻勢狠辣凌厲，黑色水母的觸手都被引著去阻擋青流與他的鋼鞭，無暇再顧及飛過來的墨連。

墨連覷準異獸偶然間露出的破綻，身輕如燕地落到傘狀體上，尖爪發狠地刨向那雙猩紅的眼睛。

巨大水母柔軟的身軀霍地顫抖起來，所有觸手就像感到痛苦般地往內蜷縮，猛一看就像是顆黑色大球。

青流提著鋼鞭就要落下致命一擊時——

頸後的寒毛突地一根根豎起，他反射性地挪動一步，似乎有什麼東西瞬間擦過他的臉頰，留下一條細細的血痕。

青流猛地回頭往後一看，臉色頓地就變了。

鐵皮工廠的屋頂上站著一抹身影，個子不高，寬大的黑色連帽斗篷幾乎將整個人包裹在內，連臉龐都看不清楚。

他反射性想追過去，一聲如野獸般的咆哮卻釘住了他的步伐。

「快躲開！」墨連繃緊的聲音打破夜色寂靜。

青流餘光捕捉到一條鞭似的長條物朝他猛然揮來，陰影兜頭罩下，他忙不迭往後一躍，但距離拉得不夠遠，仍被觸手砸下時的風壓掃到，還好鋼鞭及時戳在地上，嗤啦一聲劃出一道痕跡，穩住了他的身形。

墨連飛快趕來，收起尖爪，直接把手背上的金屬配件當成手指虎，使盡全力打去，擊退又一條想偷襲青流的觸手；但自己也討不了好，被反震的力道衝撞在地，狼狽地跳起來後又立刻跑到青流前面想護住他。

青流反射性把墨連先拎到自己身後，抬頭看著浮在半空中的異獸，原本看起來圓潤透明又充滿彈性的巨大水母，此時所有觸手上都竄出細刺，就像罩了層鐵絲網似的，猙獰又可怕。

「怎麼回事？」青流低聲問著後方的人，一雙淡青色的眼緊緊鎖定住水母。

「不清楚。」墨連意圖上前，但被斜揮而出的鋼鞭擋下。

「別衝動，這傢伙感覺不對勁。」青流的眉頭緊緊皺起。

如果說之前的異獸是因為他的攻擊而不得不忍痛拋棄寫小黃文的千秋大業，與致不高地與他打到一塊，那麼現在的異獸卻是渾身散發出狂暴氣息，觸手躁動亂揮，巴不得將他們打飛。

不只外形，還有速度與力道，一隻異獸在短短時間內竟出現這麼大變化，說沒問題才有鬼了。

馬的，這件事如果跟那個黑斗篷沒關係，青流自願把紙本稿吃下去。

「妳先躲好，我把它壓制住後，妳再找機會再從上面偷襲。」他對著後方蠢蠢欲動的少女命令道。

「我不要。」墨連直接表達出不滿。

「誰管妳的意願啊！」青流不客氣地瞪她一眼，「妳這等級現在上去打就真的要領傷殘撫恤金了。」

墨連的武器是屬於近戰類型，在黑色水母狂暴化下，讓她去與那些觸手纏鬥簡直是找死，他可不想自己帶著的小新人出事。

說完話，青流也不管墨連是怎麼想的，手裡的武器迅速拆解為鋼鞭，一個箭步衝出，在帶刺的觸手砸下來時，鋼鞭一戳，借力使力地直躍而起，像展翅的鳥兒懸停在虛空。

他雙手各握著一柄鋼鞭，身前又有兩柄鋼鞭飄浮，與巨大的黑色水母各踞一方。

但這樣的安靜對立只是短暫的，下一瞬數條觸手迅猛地朝青流襲來，攻勢粗暴，啪啪啪地想要把人從空中打落。

青流神色不見畏懼，時而遠距離攻擊，時而突然縮短彼此差距、欺近黑色水母，迅雷不及掩耳間在它身上戳出幾個深深的窟窿再退開。

異獸的眼睛雖然被劃瞎了，但它仍能透過觸手上的感受器捕捉到青流的動作，就連由上方偷襲的墨連也感知得到。

「我靠！我是說找機會偷襲，不是叫妳立刻偷襲！是聽不懂人話嗎？」青流眼明手快地割開那條想要暗中襲擊的觸手，急速修改腦中計畫，一柄鋼鞭從他身邊脫離，飛到墨連身側，替她阻擋那些纏人的觸手。

他自己則是靈活運用三柄武器對戰黑色水母，刺、挑、戳、劈，道道暗金色的光芒在空中交錯閃爍。

但是就算墨連發狠地用勾爪撕扯那些觸手，青流的鋼鞭使得刁鑽靈巧，勝負的天平依舊沒有朝他們傾斜。

更甚，異獸那方逐漸占了上風。

黑色水母彷彿感覺不到身上的疼痛，瘋了似地攻擊著青流與墨連，那副不死不休的氣勢對兩人造成莫大壓力。

墨連額頭與鼻尖都滲出細密的汗水，高強度的戰鬥開始讓她力不從心了，動作變得雜亂不靈活，一條觸手悄無聲息地就要她的後背拍下去。

青流一手抓著人，一手用鋼鞭削掉觸手前端，喘著氣帶墨連向後退去，一退再退，卻遲遲無法甩開黑色水母的追擊。

千鈞一髮之時，一道奢華悅耳的女聲猝不及防響起——

「青小流，幫我牽制！」

意外的援兵讓青流精神一振，眼裡重新燃起戰意。他操縱四柄鋼鞭對黑色水母再次展開突襲，招招都是極其挑釁，將那些觸手引得全朝他這裡瘋狂湧來，無暇護住傘狀體上方。

月光下，橘色的髮絲像火焰在夜間燃燒，夾帶一抹冷光如彎月劈下！猛烈的勢頭無人可擋，摧枯拉朽間將黑色水母的身體一分為二，大量的青色液體從中噴灑而出，彷彿一片青色驟雨，來得快、去得急。

青流眼明手快地拉過墨連，避開被染色的危機。橙華的運氣就沒有那麼好了，她的長柄戰斧雖俐落地剖開異獸，但也首當其衝被對方的綠血淋得亂七八糟，狼狽得像是從顏料中被撈出來。

橙華也不在意，武器在手裡一轉就瞬間消失，她撩撩濕掉的頭髮，拿出手帕抹去臉上的汙漬，將滾到腳邊的紅珠子撿起來嵌進手環裡。

「居然搞不定量級七的異獸，你還是我認識的青小流嗎？幸好我無聊想過來看看。」橙華嘖嘖有聲地走向青流，離得近了，就像發現新大陸似地用食指與拇指捏住他的下巴，「你破相了耶。」

「小傷口，回去擦個藥就好。」青流任憑她轉動著自己的臉仔細檢查，將方才的詭異狀況言簡意賅地說了一遍。

他一門心思都放在黑斗篷與狂暴的異獸上，絲毫沒有察覺到有道灼熱的視線朝他看來。

橙華卻是注意到了，她仗著身高優勢，一把攬住青流肩膀。

「靠，不要以為我不知道妳想把異獸的血蹭我身上，我又不是衛生紙。」青流嘀咕道。

「唉唷，好東西要跟好竹馬分享嘛。」橙華恬不知恥地連左手都攬上去了，一雙風情萬種的美眸饒有興味地瞥向一旁的黑白髮色少女。

她傲人高挺的雪胸抵在青流背後，兩條手臂還無賴地將他抱緊緊的；但對於青流而言，這跟陷在人體監獄裡差不多，當下就黑了臉色，沒好氣地掙出對方懷抱。

「這種髒東西就不用了。」青流看著身上青一塊、白一塊的衣服，乾脆解除變身，仙氣飄飄的美少年消失了，原地只剩下表情頗臭的高瘦男人。

橙華就算想要再來一次勾肩搭背，依青流現在的身高也得踮起腳才做得到。她識時務地收回手，也不再悄悄地打量墨連，而是與她正式對上目光。

「妳好啊，明月的小新人。」她伸出手，笑得嫵媚豔麗。

墨連面無表情地看了下橙華豐滿的上圍，再瞥了瞥自己平坦的胸口，粉色的嘴唇頓地抿得更直了。她快速地握了下橙華的手就鬆開，像蜻蜓點水似的，並用一個「嗯」的單音當作回應。

青流以為她是不習慣面對陌生人，卻忘記了兩人初次見面時，墨連不但有問有答，還主動稱讚他好看。

橙華對墨連的冷淡不以為意，笑咪咪地跟她招呼兩句，邊說還邊往青流身邊靠近。

墨連立即也不著痕跡地挪動腳步。

橙華臉上的笑容更盛了，拍拍青流的手臂，「青小流啊，明月之前招了兩個新人，一男一女，我前幾天見過一個，沒想到今天又見到一個。不得不說，你身邊這個還真是大大出人意料啊。」

「不要這個那個的，有話就直說。」青流不耐煩地睨她。

「沒啊，我就是覺得春天是不是到了。」橙華說得牛頭不對馬嘴，意有所指的眼神掃向神色微變、小臉緊繃的墨連。

「神經病。」青流不想跟她在沒營養的話題上浪費時間，直接把要辦的事交待出來，「我等等要去工會一趟，跟她們講異獸突然狂暴的事，妳有空的話就幫我送她回家吧。」

橙華雖然是隻身一人出現在工廠這邊，但青流與她認識那麼久了，自是知道不遠處一定停著一輛黑色轎車。

那些女僕們是絕對不可能讓自家大小姐落單的。

「反正我明天就要去工會開會，今天遇到的事我會提出來，叫他們想辦法查清楚，你就不用多跑一趟了。至於這個……」

橙華隔空往墨連的方向點了點，無視青流因為她的用詞而甩過來的刀子眼。

「你就有始有終地負責到底吧，說不定會觸發什麼隱藏劇情……」

青流隱隱覺得好友話裡帶著有意無意的暗示，但快速梳理一遍還是理不出哪邊有問題，只當她最近又玩了莫名其妙的遊戲。

「對了，青小流。」橙華忽然拍了下手，眼裡迸出亮光，「我剛飛過來的時候想到一個新企劃，我怕忘記，你先替我記一下。我打算找五、六個作者出一套系列書，同一個世界背景，每個作者用這個設定去寫……啊，其中一個作者我想找白陌。」

「找白陌？」青流愣了下，腦海裡冷不防閃過一雙狹長深厲的鳳眼，「妳是想挖紫陽牆角喔？小心被她打死。」

紫陽是白陌的責任編輯，據說兩人的交情深厚，不管紫陽到哪家出版社，白陌都會跟著她一起去。久而久之，大家就知道想要找白陌邀稿，得先過紫陽那一關，只是目前還未有人成功過。

「想想又不犯法，總之幫我記下就對了，我明天來寫企劃。」橙華不在意地說，心裡啪啪啪地打起小算盤。

「妳高興就好。」青流見她已經有了主意，就不再多說什麼，準備領著墨連離開工廠，「我們先走囉。」

「掰啦，青小流，還有明月家的小新人。」

橙華帶笑的嗓音散在夜色裡，墨連鬼使神差地回頭看一眼，看到橘色長捲髮的美豔女子豎起食指貼在嘴唇上。

那個手勢彷彿在說：我知道妳的祕密，但我還不會說出來。

青流是打算騎車載墨連回去的。平時他們都是打完異獸就地解散，或是躲到明月出版社大樓的陽臺喝完酒再分開；但今天出了量級七異獸狂暴化事件，以防萬一，青流覺得還是親自把這個等級不高的新人送回家比較保險。

只是聽了墨連報出來的地址後，他的表情變得有些古怪。

「這不是我家對面？」

「你家？」墨連也愣了愣，仰著小臉蛋看他，睫毛像蝶翼似地撲閃，卻遮不去眼底盛綻的光芒。

那雙黑白分明的眼睛看得青流有些不知所措，他乾脆把安全帽罩她頭上，直接擋去那過於熾亮的眼神，來個眼不見為淨。

由於將近半夜，路上車子不多，但青流的騎車速度依舊維持在不快不慢的時速四十公里。墨連坐在後座，雙手抱住他的腰，嬌小的身軀貼著他後背，讓他總是忍不住想要往前挪。

青流也不是沒有暗示墨連可以抓著後側把手，但對方總是板著一張小臉，正直嚴肅地說：「我平衡感不好，怕掉下去。」

好喔，這個理由很理直氣壯很可以。青流翻了翻白眼，很想提醒對方曾經穩穩坐在商業大樓的天臺邊緣，雙腳懸空都沒掉下去了。

墨連又認真說道：「而且我抱著你，可以保護你背後。」

「謝謝妳喔。」青流的聲音透出沒轍，認命地讓墨連一路上都抱著他，直到騎回熟悉的街道上，找了個位置停好車好，這個過緊的擁抱才終於鬆開。

「回去早點休息吧，晚安。」青流一手捂著嘴打了個呵欠，一手對她揮了揮，就要走進公寓裡。

然而少女卻突地叫住他，輕緩偏低的嗓音如小提琴奏響的琴聲。

「你想要跟白陌合作嗎？我可以幫忙。」

青流的呵欠打到一半驀地收住，看向墨連的眼睛張得大大的，定格的表情頗有些滑稽，一點兒也沒有平時的凶悍樣。

「一本書的話，我可以替你問白陌，他會答應的。」墨連又說了一次。

「他只跟紫陽合作。」青流回過神來，揉了把臉，沒有將她的話放在心上。

「不是，他懶，紫陽是親戚。」

這句話說得沒頭沒尾，青流卻意外聽得懂——白陌懶得與其他人接洽，所以把稿子交給身為親戚的紫陽。

「妳為什麼會知道？」他挑起眉，在出版界待了這些年，他還真沒聽過這兩人有親戚關係。

「我跟白陌很熟，是他的……青梅竹馬，他跟我說的。」墨連前半句說得順暢，後半句卻出現了可疑的停頓

連眼神都有點飄忽。

青流冷不防就想到被安排與灰櫻相親的那個男人。

莫非、難道……他眼前的小新人與大神作者間有什麼虐戀情深嗎？

啊靠，發現自己腦洞過大，青流連忙掐住差點狂奔成脫韁野狗的想像力。一定是被葛月影響了，都是那傢伙有事沒事就傳一些狗血虐心文給他看害的。

他正了正神色，問出一個實際的問題：「妳沒想過找他去明月出書嗎？」

「我不喜歡明月。」墨連微皺了下俏鼻，眼裡是毫不掩飾的不喜。

「妳這個心態，在那裡當編輯會很辛苦的。」青流嘖了聲，屈指敲她額頭一下，「沒有愛的工作就像泥沼一樣，終有一天沉進去爬不出來的。」

「你不也不喜歡？」墨連疑惑地反問，像是不解他為何要這麼說。

「我當然不喜歡，把編輯當練蠱似的，小心哪天真的養出一隻蠱王來。」青流

想到明月的作風就想翻白眼，「但我是星輝的人，我不喜歡他們跟我的工作沒有任何衝突，妳就不一樣了。」

「原來如此，我知道了。」墨連點點頭，表現出一副受教的模樣，但下一秒就直接把這件事拋到腦後，繼續追問道，「那你想跟白陌合作嗎？」

「想啊。」青流才剛說出兩個字，就看到她眼神熠熠，像是有星星落進裡頭，他不免被逗笑了，但還是在她張嘴想要表示什麼之前，把未盡的話說完，「不過這個順其自然就好，妳不需要特地幫我牽線。」

依照她一提到與白陌的關係就支支吾吾的狀況來看，讓她欠下人情也不好。

「喔……」墨連看起來有點失望。

「好了，快回家去。」青流又打了一個呵欠，今晚的狩獵異獸太耗體力了，很久沒有這種全身疲憊的感覺了，他累得只想回家躺平，連忙催促墨連也趕快回去。

搭電梯回到自己二十多坪大的小公寓，青流快速地洗漱後就往床上一躺，被子一蓋，眼睛一閉。

時間一分一秒地過去，想像中的睡意卻沒有如期降臨。

青流在床上翻來覆去、輾轉反側，羊都數幾百隻了，還是沒什麼效果，腦子反倒越來越清醒，但又不是那種可以思考書腰文案的清醒度，文字亂糟糟地在腦海裡閃來閃去，就是無法組成一句完整的宣傳詞。

好吧，也許是因為他數的物種不對。青流嘆口氣，回想了下其他人的失眠治療法。

橙華說過，她睡不著時都是數女僕，那他也來試試看好了。

一個女僕、兩個女僕、十個女僕……靠夭，為什麼第二十個女僕要拿出有橙華簽名的結婚證書給他？

青流一陣惡寒，更睡不著了。

藍聆的方式不列入考慮，謝謝。他才不想像那朵自戀水仙一樣，數著一個親愛的、兩個親愛的……等等，這也太花心了吧！

一不小心認真思考起其中的邏輯性，時間又不知不覺間流逝掉，等青流回過神時，已經是半夜兩點多了。

「馬的，還是睡不著……」青流煩躁地抓抓頭，遲遲無法入睡的疲累讓他的臉色陰沉出新高度，眼神又凶又厲，走在外面十之八九會被誤認是討債的。

房間黑漆漆一片，青流懶得再打開燈，他也不想看電腦、不想滑手機，這個狀況下，他需要做的是可以讓心情平靜下來又不需花費精神的事。

鉤針娃娃當然不行，他現在大腦就跟一團漿糊似的，沒辦法太集中注意力。

青流從床上坐起，淡青色的光絲迅速繞著他遊走一圈再捲回腕上的手環裡。完成變身的他召出鋼鞭，從抽屜裡拿出一塊布，用一臉「我他媽很想睡但睡不著」的鬱悶表情擦拭起武器來。

一、二、三、四，四根暗金色的鋼鞭都被青流仔仔細細、一絲不苟地擦過一遍，通體錚亮，在幽暗中閃爍出詭魅光澤。

可惜的是，睡意仍舊沒有上湧，青流絕望地準備展開第二輪鋼鞭保養。

喀的一聲，雖然很細微，但是對於感官敏銳度提高的青流而言，他早已清晰無比地捕捉到。

神色一凛，五指握緊鋼鞭，他輕巧地下了床，無聲無息地來到房門前，貼在牆壁上。

有人在接近他的房間。

聽著越漸接近的腳步聲，青流眼裡閃過警戒與凌厲。

門把被一轉到底，當房門由外而內打開之際，青流手裡的武器已經揮了出去，尖端就抵在入侵者的脖子前。

驟然的破空聲讓那人下意識一頓，青流立即抓住這個機會，猛地一抬腳踹向對方腹部，力道強勁，硬是把人踹到客廳裡去，砸出一聲悶響。

「你不知道半夜闖入別人家是要被打出去的嗎？」青流轉了下鋼鞭，嘴角挑起，但那抹弧度一點兒也不柔軟，反倒像野獸一般的猙獰。

「你不是應該累到睡死了？」那人快速地一個滾地翻身而起，發出的聲音聽不出是男是女，如同經過變聲器遮掩。

「睡不著怪我囉？」青流火大地冷哼一聲，就算月光微弱，他還是可以看到入侵者的輪廓。

來人穿著黑色連帽斗篷，個子不高，甚至有些嬌小。寬大的連帽遮住半張臉，整個人彷彿裹在陰影之中，看不清樣貌。

熟悉的打扮另青流表情一變，手裡的鋼鞭倏地朝斗篷射去，如開弓的箭鎖定那輕飄飄的連帽，同時腳尖點地，往前掠了過去。

他要揭露對方的真面目。

對方急速閃避，然而才避開一柄鋼鞭，又一柄鋼鞭被青流甩去，力道猛烈，竟是真的要把人往死裡打，絲毫不顧忌自己的公寓會收到波及。

乒乒乓乓的聲音在靜謐夜色裡作響，青流將鋼鞭使得又狠又快，道道殘影在半空畫出朵朵冷光之花。

「誰啊，讓不讓人睡了？我明天還要上班啊！」

「幹拎娘！三更半夜吵什麼吵，再吵我就報警！」

附近住戶破口大罵的聲音接二連三響起，甚至還有人前來敲門，青流卻是置若罔聞，一心一意攻擊黑斗篷。

他的想法很簡單，先把人打到不能動了再來逼問。

客廳裡已經亂成一團，東西傾倒碎裂，黑斗篷閃躲得狼狽不堪，為青流的不管不顧而心驚。

「為什麼不設下結界，你就不怕被人發現身分？」黑斗篷忍不住問道。

連結界這種事都知道。

青流眼睛閃過精光，咧出一抹陰狠的笑，「果然是圈內人。」

「該死！」黑斗篷暗罵自己大意了。

青流跳上沙發椅背，手握鋼鞭，居高臨下地看著退至落地窗邊的黑斗篷，並沒有因為對方沒使用武器而鬆懈下來，相反的，內心的警戒更甚。

在沒有正式反擊的狀態下，對方卻能靈巧閃躲而不落下風，可見戰鬥經驗不亞於他。那一身黑斗篷也不知道做過什麼特殊處理，自始至終都沒有滑落，把人遮得嚴嚴實實。

「你不是問我為什麼不設結界嗎？」青流左右手各握著一柄鋼鞭，揚起一抹野蠻的笑。第三與第四柄鋼鞭悄悄的浮現在黑斗篷後方，暗金色的光流轉閃動。

先前他攻擊的勢頭像是不顧一切，但也知道四柄鋼鞭一起發動，小公寓就真的要毀損得差不多了，因此一直克制著只用兩柄武器，直到對方靠近了門戶大敞的陽臺。

黑斗篷似是被他的話引走注意力，腦袋微抬，雖然看不到眼睛，但注視感還是明確地傳遞了出來。

青流笑得越發猙獰，露出的牙齒森白，似野獸獠牙。

「當然是為了讓你這個藏頭蓋臉的傢伙綁手綁腳啊！」尾音未止，他已疾衝上前，另外兩柄鋼鞭也迅雷不及掩耳地朝黑斗篷砸落。

然而那人就像是背後長了眼睛，腳步一錯地退至陽臺並飛速轉身，雙手抬起，硬生生地用手臂擋下突襲。

鏗一聲，清脆的撞擊聲迴盪在客廳裡，鋼鞭竟是被震開了，而一直藏在寬大布料裡的雙手終於露出來。

青流的眼睛一瞇，對方從手腕到手肘都被一層淡銀色的金屬包覆住，那是魔法少女的臂甲！

他提著鋼鞭就要追出去，但黑斗篷已飛快地打開落地窗，跳到陽臺的矮牆上。

這一瞬，又一道身影從上空急速躍來，黑白兩色的長髮飄飄揚揚，伴隨著三道冷芒劃過。

尖利的勾爪擦過黑斗篷的下襬，撕下一大塊布料。

披著黑斗篷的少女不再戀戰，在青流擲出鋼鞭之際，她毫不猶豫地往上一躍，迅捷如電的直飛高空。

那速度快得青流連她的衣角都抓不住，只能眼睜睜看著對方轉瞬間就與夜色融為一體，不見蹤跡。

「青流你還好嗎？」墨連跳到陽臺上，收起勾爪，就要朝他撲去，仔仔細細地檢查一番。

「我沒事。」青流往後退一步，主動張開雙手表示自己安然無恙，隨口問道，「妳怎麼知道我家在哪裡？」

「你上樓後到公寓有燈亮起來的這段時間，沒有其他人再進公寓。」

換言之，墨連就是刻意在樓下待著，直到確定青流住哪一間後才離開。

如果青流的腦子還清明，大概會打個激靈，罵一聲「我靠」；但外頭的敲門聲實在太響，他聽了回答但沒有細想，迅速解除變身模樣，忙著去打發那些前來抗議的鄰居。

編了個「家裡遭小偷，剛才的吵鬧聲就是在把小偷打出去」的藉口後，青流關上門，一轉頭才後知後覺地發現家裡的燈被打開了。

穿著白紋黑底漢服的少女不請自入地站在客廳中央，小臉毫無表情，東張西望的模樣透出一股好奇與興奮。

但是青流左看右看，除了滿地狼籍外，還真看不出家裡有什麼值得關注的東西。

「明天不是還要上班?快回去睡覺!」他瞥了眼牆上的鐘,時針已經繞過數字三了。

「我可以幫你整理!」黑白長髮的少女將兩手交疊在身前,安靜地望著他,眼神又軟又乖巧,全然沒有之前攻擊黑斗篷的狠辣。

青流心領地擺擺手,「明天我再處理,反正家裡就我一個,暫時亂成這樣沒差。」

「可是……」墨連顯然不太願意走,甚至還搬出了她因為失眠想做些打掃工作來幫助入睡的理由。

一聽就知道是唬爛。青流冷酷無情地拒絕了。

最重要的是,他的睡意好不容易終於起來了,再不把握黃金時段,他就真的要擦鋼鞭擦到天亮了,想想都覺得心累。

在青流的強制驅逐下,墨連只好抿著小嘴,有些委屈地從陽臺離開,搞得青流以為自己做了什麼十惡不赦的事。

不就是不想讓她半夜整理客廳嗎？而且還是他的客廳。

現在的小孩子真難捉摸。

他嘀嘀咕咕地關窗上鎖，走回房間時才發現哪裡不對。

靠夭，墨連早就成年不知道多久了吧？每次看著那張稚氣未褪的臉蛋，他差點被洗腦成以為她真的未成年……

編集者は魔法少年

[Scene VI]

MAGICAL BOY EDITOR

雖然只睡了四個多小時，但青流隔天上班時，公司裡沒有一個人看得出他昨晚不只經歷了高強度戰鬥、失眠大半夜，甚至遭到不明人士的偷襲，依舊精神奕奕地處理稿子與作者，同時一心二用地思索起這陣子發生的可疑事件。

一是異獸的狂暴化。

二是他昨晚被黑斗篷偷襲，對方的身分極可能也是一名編輯。

三是從黑斗篷所說的那一句「你不是應該累到睡死了」，以及對灰櫻下手的事，可以推測她專門偷襲那些體力被戰鬥耗盡的編輯。

但是黑斗篷是如何讓灰櫻主動遞辭呈的？之前那些走得匆忙的資深編輯與主編也是遇到同樣狀況嗎？

而且，讓那些人主動離職是為了什麼？出版界一下子少那麼多戰力，對對方有何好處？減少同行競爭者？這理由太薄弱了。離職之後，他們又消失到哪裡去了？

一個問題扯出另一個問題，就像進了死胡同一樣，無解。

他沒有對橙華隱瞞昨天發生的事，也將心裡的疑惑都告訴她。橙華越聽眉頭就皺得越緊，一向爽朗的表情罕見地帶上幾分嚴肅。

「我下午去工會開會時會跟他們說起這些事，你這陣子小心一點，對方很明顯就是挑上你了。」她說到這裡，乾脆建議道，「還是你直接來我家住吧，房間那麼多，你每天換房睡都沒問題。」

「免了，謝謝。」青流拒絕，依橙華的個性還真的會安排女僕們讓他每天換房間，半個月都不重覆。

「那學長要暫時住到我家來嗎？」在一旁聽著的藍聆微笑問道，一雙桃花眼溫和繾綣，隱隱透著光。

青流太了解這個學弟在打什麼主意了，他斜睨一眼，「你又買多少衣服了？」自己待在家的時候，藍聆都要發送視訊邀請他幫忙鑑定身上穿的女裝好不好看，如果真過去與這傢伙暫時同住，豈不是天天被煩死？

「學長真了解我。」藍聆的笑帶著一絲愉悅，「但是我這次真的買不多，大概十幾件而已。」

還「而已」，青流想想前陣子藍聆就網購不少女裝了，這才半個月不到吧。

不過換個方向思考，如果把那些衣服代換成書，自己好像也是這種買買買模式。當然，就算能理解，住過去一事還是免談。

青流以著冷淡再冷淡的眼神表示他心意已決，絕不想沒日沒夜地欣賞藍聆的換裝秀。

「那我跟總編有空時就多到學長家附近巡邏吧。」藍聆不在意他的冷漠。

「好主意。」橙華附和，「我還可以帶啤酒、鹹酥雞、東山鴨頭、雞排……決定了，我今天的宵夜就是雞排了！還要脆皮的！」

橙華家雖然有廚師，但大廚拒絕替他們家的大小姐準備不健康的油炸食物。

青流已經不想吐槽這是哪門子的巡邏了，根本是到他家來開宵夜趴。

他也不管開始討論起巡邏完要帶些什麼的藍聆與橙華，自顧自忙起手上的事，稿子要審，BUG 要抓，企劃要擬……

「對了，橙華，不要忘了妳的新企劃。」青流提醒一聲。

「喔喔，好，我來問問紫陽願不願意讓我撬一下牆角。」橙華的注意力立即被這件事引走了。

藍聆也回到自己的位置上開始處理工作，辦公室一時間除了喀喀喀的打字聲與滑鼠點擊聲，再沒有其他聲音。

下午，橙華就過去出版工會那邊開會了。青流抽空跟藍聆對了下時間表，確認雙方進度都沒有落下後，又繼續埋頭在稿子裡。

他正專心在列某本小說的問題單時，葛月的線上訊息忽地跳出來，頭像還是青流之前做的藍聆鉤針娃娃。

喜歡王子的小月：呼叫呼叫，青流哥，那個夢想出版社又來找我了耶。

青流瞇了下眼，十指飛快地在鍵盤上打起字來。

青色水流：還是不死心想挖妳嗎？

喜歡王子的小月：是啊，他們問我，是不是一定要你過去當編輯才願意替他們寫新書。

青色水流：妳怎麼回的？

喜歡王子的小月：當然是回有青流哥的地方就有我，誓死跟隨青流哥！看在我如此忠心愛您的分上，是否有獎勵？

青色水流：乖，准妳找時間來公司看藍聆。

喜歡王子的小月：狂喜亂舞，謝青流哥！

看著對話視窗上滿滿的噴灑愛心貼圖，青流唇角翹了翹，回了一句「記得月底交稿」。

然後視窗裡的貼圖就變成一排慘叫與「我是一條鹹魚」。

直到下班鐘聲響起，橙華都還沒回來，但公司裡反而來了一個意外的訪客。

當青流接到女僕打進來的內線電話，還不由得愣了一愣。

「青流先生，有一位墨連小姐想要找您。由於現在已是下班時間，是否直接讓她進來辦公室？」

儘管不解墨連為何會突然來找他，青流還是同意了女僕的提議。沒過多久，叩叩叩的敲門聲從外頭響起。

也不等青流或是藍聆開口說請進，門就被推開了，校稿部門的女僕對著青流點了下頭，側身露出在她後方的嬌小身影。

只見墨連站在門口，白瓷般的小臉無波無瀾，唯有黑白分明的眸子在瞅到青流時，亮出了光芒。

「學長，這位是？」藍聆疑惑地問，目光飛快地閃過一絲犀利。

「明月家的新人編輯，墨連。」青流簡單地介紹了一下。

「沒想到明月的新人這麼可愛呢。」藍聆笑吟吟地說，那副由衷讚美的神色以及溫柔的語調讓人以為他對少女心生好感。

墨連淡淡地「嗯」了聲，理所當然地接受這個稱讚。

青流用眼角餘光一掃，果不其然，藍聆的微笑有一瞬間的扭曲。這哪裡是心生好感，根本是嫉妒心都要噴發了。

他又看向面無表情的墨連，納悶地挑了下眉，「怎麼會過來找我，還是這種狀態？」

「擔心你回家時可能會被偷襲，而且順路。」墨連安靜地回答，像是不覺得自己的話裡有什麼語病。

星輝文化、明月出版社與青流住的社區就如同三角形上的三個點，從明月回社區，或是從星輝回社區，路程是差不多的；但如果是從明月到星輝再回去社區，就算繞了好大一圈路。

也只有墨連可以理直氣壯地說這叫順路。

青流哭笑不得，但既然人家都到公司了，想想就乾脆跟她一起回去好了。

「妳等我一下，我把東西收一收。」青流指了指橙華辦公桌旁的椅子，示意她先坐著。

他回頭打算把螢幕上還開著的網頁文件檔關掉，卻發現身邊站地已經不是溫文俊雅的美青年了，而是一名白髮纖細少年。

「靠夭！」青流被嚇了一跳，「沒事變身幹嘛？」

「學長，我今天也可以送你回去。」藍聆一邊飛快往胸前塞了兩個東西，墊出胸部微微隆起的錯覺，一邊睜著一雙盈盈藍眸，語調誠摯地說道。

「真心話呢？」青流才不相信他那麼好心，一邊收拾東西一邊甩去「我早就看穿你」的凌厲眼神。

「因為待在學長身邊可以讓我看起來更嬌小可愛啊。」藍聆笑得越發動人了，因為胸前的弧度，他簡直像一名清麗無雙的美少女。

「嬌你個頭啦。」青流一巴掌拍在藍聆後腦勺上。就知道這傢伙是看墨連的外貌不順眼，把主意打到他頭上，想要用他襯托出自己的小鳥依人。

馬的，這種心態跟拍照要往後站才顯得臉小差不多——是說這種事藍聆也做過不少次。

「滾滾滾，我要走了，別擋在這邊礙事。」青流沒好氣地甩開學弟，才不想搭理他對墨連冒出來的競爭意識。

青流與墨連離開公司後，後者就像是要貫徹保護青流的宣言，一路上都緊緊貼在他身邊，巴不得用自己的小身板把青流藏起來，看得青流無奈又好笑。

只是髮色特殊又穿著漢服的美少女實在太引人注目了，一路上收獲不少關注。還有好幾個人在等紅燈時意圖上來搭訕，但礙於青流一臉凶惡而滅了心思。

青流也不是沒有勸過墨連解除變身。現在正是下班的顛峰時間，街上人來人往的，他又騎著機車，黑斗篷少女想要當街擄人的可能性實在不大。

但墨連很堅持，板著小臉強調危險無處不在，絕不能掉以輕心，她要用自己的身體守護他的後背。

青流拿她沒轍，只好一路被後座的她緊抱著腰不放。本以為墨連要進公寓前應該會恢復原貌，然而對方仍舊頂著未成年的少女外表，一臉「你先進去我再回家」的認真表情。

認識墨連到現在，青流從不曾見過她的真面目，說不好奇是假的。不過堅定認為自己很可愛的墨連的自戀程度顯然和藍聆不相上下……不，或許在藍聆之上，連平時都不肯解除變身，他也就不強求了。

青流正準備與墨連告別，手機鈴聲忽然響起，還是二重奏，他拿出手機一看，螢幕上閃爍著「橙華」兩字。

他接通電話，看見對邊的墨連也做出與他同樣的動作。

「怎麼了？」青流開門見山地問。

「青小流現在有空嗎，有的對吧？」手機另一端的橙華不給他說話的機會，直接自問自答，「來公司一趟吧，我要開個臨時會。還有個爆炸性的大消息，紫陽今天離職了。」

「她離職了？」

「妳離職了？」

青流太震驚了，以至於沒有注意到他的聲音跟另一人疊合在一起，除了主詞略有差異，聽起來就像是同一句話。

「不可能，她說過暑假要出白陌的書，絕對不可能這個時候突然離職！」青流握緊手機，想到那名熱情洋溢的女編輯侃侃而談她的計畫，下意識就先反駁。

橙華沒有順著他的話表達意見，只是沉默了下，才慢條斯理地說：「我一直在想，如果今天不是她離職，是不是就是你跟我提離職？」

青流的臉色變了，瞬間就理解橙華為什麼要開這個臨時會。他匆匆說了句「我立刻過去」，收起手機就要去牽機車。

墨連也結束了通話，見青流要離開，她一把捉住機車後扶手，「我跟你去，我要保護你，還可以提供重要的情報。」

青流不跟她囉嗦，安全帽丟給她，迅速發動機車上路，以著比平時更快的速度騎回公司。

橙華既然還在公司，女僕們就不會離開。一人在看到青流出現後，指著會議室的方向說：「小姐在裡頭等您。」

青流點了下頭，領著墨連走進會議室裡，一眼就看到橙華坐在皮椅上。她長腿交疊，眼睛的色彩是火燒雲似的橘，熾豔逼人，顯然是做了部分變身。

藍聆也在場，還是維持著變身後的清麗樣子，在看到青流身後的墨連時，漂亮的藍眼睛瞬間瞇了起來。

「學長，明月的人為什麼會跟著過來？」

「她是紫陽的親戚，一起來也沒差。」橙華似乎不意外墨連的出現，主動招呼對方坐下。

「不是白陌的青梅竹馬嗎？」青流愣了一下，反倒沒注意到那具嬌小的身子有瞬間的緊繃。

「咦？還有這個設定喔。」橙華也愣了一下，但很快就調整過來，「那她就是紫陽的親戚兼白陌的青梅竹馬好了。」

「所以白陌跟她，都是紫陽的親戚？」青流的眼裡閃過狐疑。

「都是紫陽的親戚沒錯。」橙華托著腮，笑咪咪地看著拘謹地坐在青流隔壁的黑白長髮少女。

「我錯過了什麼嗎？」藍聆匪夷所思地來回看著幾人，「你們說的那個白陌，是我知道的白陌？他跟紫陽姐是親戚？我怎麼從來沒聽過這件事。」

「因為紫陽只跟我講啊。」橙華的目光終於從墨連身上收回來，指尖在右手上的手環輕點幾下，一面只比手機大一些的透明面板瞬地升起，在後方的白板上投映出放大的畫面，上面閃現出一行行的字。

那是出版工會今天的會議紀錄。

「青小流，你知道蕾蜜聽到異獸狂暴化的時候說了什麼嗎？」橙華嘖嘖兩聲，模仿著工會副理事長甜軟的語氣，「世界這麼大，誰知道異獸會不會進化或異變呢？」

操你的世界這麼大！青流現在聽到這句話就想罵人，簡直像是作者寫出了規格外的東西又不知道怎麼交代，只好編個理由唐塞過去。

「因為只是個例，所以理事們說要再觀察，目前也沒有提出相關的配套措施。」橙華彈了下舌，「而且附近也沒有監視器可以證明那是人為的。」

「我臉都受傷了還不是人為的？」青流摸著臉頰，在對上黑色水母的那晚，被黑斗篷少女射出的不知名東西弄傷了。

「他們接受這是人為針對你。」橙華把他的手抓開，湊過去仔細看了看，傷痕已經變得很淡了。

噌的一聲，像是金屬銳物彈出的聲音。

青流往旁邊的墨連一看，少女仍然乖巧地坐著，雙手放在膝蓋上，從指尖到手背都被寬大的袖子遮住——自然看不到尖利的鉤爪其實是亮出來的。

橙華鬆開青流，繼續說道：「工會在意的是那個黑斗篷，只是沒有任何樣貌特徵，無法從系統裡去搜索有可能的編輯。」

「對方既然是編輯，那背後一定有出版社，否則她也無法擁有變身手環。」藍聆看著手機螢幕，捋了捋瀏海，「假設她真的是造成編輯離職的元凶，她這麼做的目的是什麼？就像學長之前說的，減少同行競爭力的理由太薄弱了。」

「我比較在意她是哪家出版社的人，她肯定跟灰櫻認識。」青流皺了下眉頭。

「還有一點我也很在意。」橙華搖搖手指，「她究竟是怎麼做到把編輯綁走後，隔天就能讓那個編輯主動跟上司遞辭呈?哪家出版社魅力大到讓那些老編輯像被下了愛情蠱?」

「夢想出版社。」墨連輕聲開口。

她低柔的嗓音讓會議室陷入短暫的寂靜,三人的目光都猛地朝她看過來。

「妳確定?」橙華神色一凜。

「妳為什麼知道?」藍聆盯著她的眼神帶上審視與質疑。

「妳說的重要情報就是這個?」青流猝然想起墨連硬要跟過來的理由,同時也注意到橙華異於藍聆的反應。

「嗯。」墨連點了下頭,「白陌說,紫陽不久前聯絡他,她離職後會去夢想出版社當編輯,要白陌先保密,不要透露。」

「所以她們說的就是夢想了?」藍聆蹙著眉,眼裡的質疑退去,顯然是相信了墨連的消息來源。

「她們是?」橙華疑惑地挑起英氣的眉毛。

「總編妳不是要我跟那些離職編輯手下的女作者打聽消息嗎？」藍聆解釋，「有幾個人說編輯離職後私下有找她們，說會帶她們去另一家待遇更好的出版社，要她們先保密。」

「被找上的作者銷量如何？」青流問，腦海裡纏得亂糟糟的綿線團似乎有逐漸梳理開的跡象。

「大手。」藍聆用這兩個字表示一切。

「讓我整理一下。」橙華的指尖在有光芒流轉的面板上滑動著，後方的白板上也跟著同步投映出她畫的好幾個圓圈，每個圓圈裡都寫著這陣子突然離職編輯的名字，而最中央則是畫了一件黑斗篷，象徵那名身分神祕的少女，並在她身旁寫上「夢想出版社」五個字。

青流看著那些圓圈裡的名字，他們所負責的幾個作者也同時閃過腦中，都是銷量保證。

他手指輕敲著桌面，將夢想出版社想挖角他跟葛月的事說出來。

「因為市面小說品質參差不齊，帶有色情暴力、怪力亂神、政治宗教傾向與黑道題材的低俗文學氾濫，他們才決定要站出來改變這個風氣？」橙華的眉毛挑得更高了，像是覺得荒謬，「那挖角葛月的意義在哪裡？驚悚靈異小說裡沒有鬼，統統改成催眠或幻覺嗎？」

她忍不住「哈」了一聲，語氣充滿嫌棄。

「所以學長被盯上的原因，是因為夢想想要葛月，而葛月想要學長繼續當她的責編。」藍聆很快將三者之間的等號成立，「而且學長除了葛月之外，手下還有幾個銷量也很好的作者，學長過去的話，夢想根本不吃虧。只是我很納悶，他們為什麼不對總編出手呢？星輝賣得最好的作者是總編負責帶的。」

「看看窗外。」青流示意他轉過頭。

從會議室的玻璃窗望出去，可以看到所有女僕仍在辦公室裡，或是埋首工作或是低聲交頭，並沒有因為現在是下班時間就自行離開。

身邊隨時隨地都有女僕護衛的橙華，並不是容易下手的對象。

黑斗篷少女的目標很明確，一個人住、被戰鬥消耗體力、極度疲憊。

青流算是個意外，失眠讓他火氣很大，連結界都沒設，只想揍人發洩一頓；再加上墨連就住在對面，及時趕來支援，怕引來更多關注的黑斗篷少女不得不離開。

誰也沒想到對方會轉而對紫陽出手。

事情整理到此，好像有些眉目了，橙華卻忽然輕飄飄地丟下一句話。

「最大的問題是，夢想雖然去登記公司了，但還在審核中，工會的編輯名單裡根本沒有他們家的人。」

一切又回到原點。

「所以，夢想的後面到底是哪個現役編輯？或者說，是哪家出版社另外成立的子公司？」橙華像在詢問他們，又像是在自言自語。

「妳聯絡得上紫陽嗎？」青流轉頭問墨連。

「不行，她的電話關機了。」墨連搖搖頭，她方才打了好幾通電話都是直接轉語音，通訊軟體也沒有回應。

「有了紫陽，等於有了白陌。再加上資深編輯跟主編突然離職的關係，現在出來狩獵的人也越來越少了，她還能再針對誰？」藍聆沉吟著。

橙華手指一滑，白板上的投影又變回原本的工會會議紀錄。

青流看著上面的討論事項，看到替編輯注射可追蹤晶片的那一條，驀地瞇了瞇眼，目光隨即又轉到藍聆身上。

「你可以改造晶片對吧？既有定位功能，又不會被工會察覺，也不會被黑斗篷偵測到。」

「是可以，學長你想……」做什麼三個字還停在舌尖，藍聆電光石火間想到自己先前的一句話。

她還能再針對誰？

「她還能再針對我。」青流宣告答案。

編集者は魔法少年

[Scene VII]

MAGICAL BOY EDITOR

藍聆的興趣是自拍、自拍兼改造一下晶片。將注射在青流體內的晶片取出並加以修改設定與添加新功能後，他又自製了數個小型追蹤器，他與橙華、墨連各持有一個。

為了讓青流可以在最短時間內再次被偷襲，橙華還找上其他家出版社的幾個編輯——都是由她家女僕轉職成的——吩咐她們在青流打倒異獸時就現身搶奪他手上的珠子，出手不必留情。反正青流很耐打，務必要製造出他筋疲力盡的表相。

在青流遭到編輯狩獵時，橙華等人就會隱在暗處監視，同時她也安排好幾名女僕在青流公寓外盯梢。

住在青流對面的墨連更是買了高倍率望遠鏡，堅持青流在家時不許拉上窗簾，晚上都要亮著燈，一有不對她才能隨時監測到。

黑白長髮的少女面無表情地表示：一切都是為了計畫順利。

萬事具備，只等黑斗篷現身。

只是一個禮拜過去，青流沒有遭到偷襲，出版界也沒有再傳出有編輯再離職的消息，黑斗篷彷彿消失了。

但是青流並未鬆懈，依舊過著白天看稿、晚上狩獵異獸再被編輯狩獵的生活，每每一回到家真的是累得倒床就睡，連洗澡都挪到隔天了。

第八天時，他躺在床上，意識朦朦朧朧間，似乎看到有誰站在床頭低頭俯視他。當疑似尖銳的針頭扎進皮膚裡時，青流心裡只有一個想法——

感謝老天，他終於不用再被墨連跟那些女僕每晚每晚地監視了！

記憶到這邊就中斷了，青流的神智被強制拖進一片昏沉中。

再睜眼時，最先映入眼裡的是一片漆黑。他倒在地板上，身上卻連一條繩子也沒有，不知道是黑斗篷篤定他不會那麼早清醒，或是自信他一定逃不出這間屋子。

青流眨了下眼，淡青的色彩瞬間侵占虹膜，魔法少年的敏銳感官讓他很快熟悉了黑暗。

他環視周邊一圈，發現這地方像是一間資料室，鐵架林立，上面放著一個個紙箱，紙箱上有編號。

青流皺著眉頭，從門縫底下看到外面透著光亮。因為不確定有沒有人守在門外，他也就不開燈，直接從鐵架上拉出一個紙箱，拿出放在裡頭的資料冊。

總得先弄一點線索再想辦法逃出去。

但是一翻開資料冊，青流的瞳孔猛地一縮，不敢置信地瞪著印在上頭的文字。

這是出版工會的人事資料。

他又飛快抽了幾本冊子查看，有工會的會議紀錄、出版社編輯登錄名單、歷屆特殊貢獻編輯名單……他剛好翻到的這一頁是一名綁著包包頭並留有長辮子、外表年齡約莫十五六歲的黃髮少女的相片。

青流眉頭皺得更緊了，他闔上資料冊，淺青色的光絲須臾間就將他包覆住，光芒裡的身形快速出現變化。

當光絲捲回手環後，青流已經完成了魔法少年的變身。如畫的眉目染著厲色，青色的辮子垂在身側，暗金的鋼鞭被攥在掌心裡。

門是反鎖的，青流調整了鋼鞭前端，變得更細更尖，就像針似的，直接將其卡進門縫裡，對著伸縮鎖俐落一削。

他無聲無息地推開門，意外的是，外面竟沒有人看守，長長的走廊向前延伸，牆上掛畫還有周邊擺設都熟悉得讓他怵目驚心。

這裡是出版工會的二樓！

他被黑斗篷綁來，卻出現在工會裡，這個認知讓青流終於意識到自己忽略了一個最大的盲點。

編輯離職後會註銷晶片跟繳回手環，但是曾經擔任編輯後來進入工會工作的人是不需要這麼做的，他們仍然擁有變身能力。

那個穿著黑斗篷的少女，是工會裡的誰？

青流握緊鋼鞭，往前走了幾步又突然停下來，他注意到這棟建築物安靜得不可思議，長廊上更是落針可聞，這對於幾乎全年無休的工會而言太不正常了。

他豎起耳朵，試圖捕捉樓下動靜。往昔就算是三更半夜，大廳裡仍是會有三三兩兩的編輯留下來聊天聯誼，而不是像現在這樣，半點聲音都沒有。

他看了眼樓梯口方向，正打算前往一樓一探究竟時，模模糊糊的說話聲頓地釘住他轉身的動作。

他追尋著聲源，三步併作兩步地來到走廊盡頭，那是一間私人辦公室。

青流悄悄轉開門把，將門推開一條縫，甜軟的少女嗓音清晰流洩出來，宛如一首動聽的歌，但落在他耳裡，卻不啻於一記驚天雷。

他聽到蕾蜜說——

「是的，計畫非常順利，本宿體原本提倡的狩獵編輯概念加強放大後，已成功扭轉絕大部分編輯的看法，被狩獵者的體力耗盡後，就是我等最佳的出手機會。」

「已抓了幾名上等宿體，體質優異，工作能力驚人，手下帶的暢銷作者對她們皆有極高忠誠度。私下聯繫過他們，大都答應會跟隨宿體前往我等即將成立的新出版社。」

「我等可以藉由這些擁有廣大號召力的暢銷作者們，用他們的作品宣揚母星理念，掃蕩低俗學，禁止帶有色情暴力、怪力亂神、政治宗教傾向與黑道題材的作品出現於市場上。當然，在出版之前，我等會要求作者自我審查，再利用宿體們的專業能力進行二次審核，務必達到全年齡覆蓋的目標。」

「請不用擔心作者們的反抗，這個世界上沒有金錢解決不了的問題，只要作者們習慣高稿費之後，就難以回歸原本的出版社。」

青流越聽越心驚，手心裡都出了一層細汗，腦海裡冷不防閃過橙華說過的話。

「好幾年前真的有另一個星球的人傳訊給工會，希望我們這邊可以打開『門』，讓他們過來投資出版業。」

眾人以為書市寒冬會讓對方打消入侵的念頭，但如果所有暢銷作者全在他們手上呢？

辦公室裡的少女仍舊以著如歌般悅耳的聲音說道。

「我等亦會將作者們物盡其用，發揮出他們的最大價值，掌握並壟斷這個星球的書市。非常感謝您對我等的信賴，讓我等擔任先鋒軍進入出版工會，我等必會將日後輝煌呈獻給母星。」

她頓了一下，甜軟的語調透出笑意。

「你說對不對，青流？」

有著淡黃色頭髮與眸子的少女猝不及防地轉頭，對著青流彎起粉嫩的嘴唇，笑容甜美如蜂蜜如鮮奶油。

坐在臂彎裡的黃色小熊也同樣咧嘴對他笑，黑鈕釦似的眼裡是不懷好意。

危險！危險！青流後頸的寒毛豎了起來，他猛地往後一躍，迅速拉開距離，隨即腳尖一轉，迅速換了方向往樓梯口直奔而去，同時聽到樓下傳來了打鬥聲。

就在他準備從樓梯扶手翻身躍下去之際，凜冽的風壓驟然掃來，他反應極快地閃身避開，鋼鞭脫手而出，如破空的箭矢射向偷襲者。

只聽鏗的一聲，細長的鋼鞭被反彈在地，一抹纖纖人影踩著輕緩的步子出現，寬大的黑斗篷如陰影般裹著她。

「晚安啊，青流，沒想到你那麼快就醒了。」

熟悉到不能再熟悉的招呼像沾了蜜似地迴盪在走廊，那人拉下連帽，露出與蕾蜜如出一轍的甜美臉蛋。粉紅髮絲垂在頰邊，睫毛捲翹，粉櫻似的眸子閃爍出流光異彩。

她手裡握著一柄一人高的魔法杖，毛茸茸的粉紅小熊就坐在她肩頭上，揮動著小小的爪子。

半小時前。

當青流公寓裡的燈無預警暗下來的時候，一抹黑色的嬌小身影瞬間就從陽臺衝出來，卻在半空中被另一道高挑豐滿的身形攔截住。

橘髮似火的美豔女人懸浮在夜色裡，手中的長柄戰斧橫擋在墨連身前，大有她再靠近一步就動手的意思。

「青流被抓走了。」墨連面無表情地瞪著她，尖銳的勾爪露出，閃爍著冰冷光芒。

「我知道。」橙華挑起唇角，微笑安撫。

她從容不迫的樣子讓墨連更不滿了，黑曜石似的瞳迸出一絲凌厲。

「再等十分鐘就好。總要給青小流被帶走的時間吧，妳現在衝出去攔人會打亂他的計畫。他啊，最討厭計畫被打亂了，生氣起來連我這個青梅竹馬都照揍不誤喔。」

明明是解釋，落在墨連的耳裡卻充滿一種說不清、道不明的意味。她白瓷般的小臉繃得緊緊的，手指攥起又鬆開，勉強壓抑住心裡的躁意，與橙華一同落在地面上。

時間一分一秒過去，墨連的耐心即將告罄，雙手環在身前、把一雙雪胸托得更加高挺的橙華終於鬆開手，對著某個方向招了招。

一名身形纖細的白髮少年慢慢走出來，手中拿著一面透明面板，細眉蹙起，清麗臉龐上停佇著一抹疑惑。

「怎麼了？」橙華的神色正了正，大步朝他走過去，「追蹤青小流出問題了嗎？」

「不是。」藍聆搖搖頭，「已經追蹤到了，就是地點有點微妙。」

墨連二話不說地搶過面板，看到上面顯示出的位置後，瞳孔一縮，不敢置信地低喃著「出版工會」四字。

「真的假的？」橙華被震驚到了，食指與拇指立即搭成一個圓，放在嘴裡吹了聲口哨。

此時，數名女僕立即從暗處裡走出，恭敬地朝她一禮。

「派人圍在工會外面，但不要打草驚蛇，若是我們進去後半小時沒有出來，就聯繫其他理事與編輯過來。」

「遵命。」女僕頷首。

「好了，我們走！」橙華手一揮，一個「走」字還留在空氣中，墨連就已經甩袖躍起，如開弓的箭疾射出去。

白光最先劃過夜色，接著是橘與藍兩道光芒，似流星快速閃過，讓人的肉眼只來得及補捉到殘留的光軌虛影。

墨連飛行的速度很快，她不敢有一絲一毫的停滯，心心念念都是青流，就怕短短的時間內會出了變故。

當她來到出版工會時，總是敞開著的大門在今晚竟是緊閉的，昏暗的燈光從一樓大廳窗戶流洩出來。

抓著門把晃了幾次後都打不開，墨連乾脆亮出勾爪，只聽到一聲悶響，門鎖已被快狠準地破壞掉。她推開大門，正想一馬當先衝進去，衣領卻被人從後頭抓住。

「冷靜冷靜，我們家青小流當然重要，但是妳如果也出事的話，我可是會被打的。」橙華一邊制止她的衝動，一邊用眼神示意藍聆。

藍聆抬起掌心，空氣出現波紋，兩把柳葉刀從虛影化作實體，在他的操控下，於前方十公尺的距離交錯劃出兩道半圓，刀光凜冽森然，像乍現的新月。

如果他平時這樣做，定會引來正在工會內休息的編輯抗議，甚至有可能發展成一場亂鬥——除非打到一發不可收拾，專心看劇的茜草才會出面制止。

但是這些事都沒發生，大廳裡安靜無比，連櫃檯後也不見茜草的身影。

橙華飛快地環視一圈，沒有發現異狀後，對墨連與藍聆做了個「去樓上」的手勢，三人踩在紅地毯上，腳步聲像是被吸收似的，輕巧無聲。

樓梯就在櫃檯斜後面，墨連越走越快，最後由走轉跑，只想盡快找到青流。落在後方的兩人被她的速度帶動，也跟著跑起來。

就在他們接近樓梯時，橙華忽地面色一變，一手拽過墨連，一手握住長柄戰斧往前一擋，止住他們的步伐。

與此同時，子彈噠噠噠地掃射下來，將地板打出一排小孔，噴發出來的碎石屑堪堪擦過他們的腳尖。

「這種攻擊方式……」藍聆的怔愣只有瞬間，他迅速順著子彈射出的方向看去，就看到一抹嬌小身影以著古怪扭曲的姿勢蜷在櫃子上。

灰短髮、娃娃臉，一身白襯衫搭迷彩短裙，戴著手套、護肘與護膝，手裡還拿著一柄突擊步槍，不是灰櫻又是誰？

失蹤數日的同行驟然出現，看起來還毫髮無傷，橙華的心情非但沒有放鬆，反而如拉直的弦一般繃緊起來。

一向對他們極友善的灰櫻此刻面無表情，雙眼空洞得可怕，就像是無感情的人偶，扣在扳機上的食指就要往下一按。

藍聆立即甩出兩把柳葉刀，尖銳的刀鋒逼得灰櫻不得不從櫃子上跳下，她靈巧地一個翻滾，避開又一把射過來的柳葉刀，手上動作飛快，步槍轉眼間被她拆解再重新組合成黑色長刀。

當她站直身子時，冷不防傳來砰砰兩聲，只見兩隻黑漆漆、沉甸甸、頗具噸位的巨大生物落在她左右兩側，猩紅的眼珠子正盯著橙華等人不放，敵意滿溢而出。

左邊的異獸像是人立起來的老虎，但它前肢卻如同猿類手臂一般直垂到地板，嘴裡的兩根獠牙露出來，向上彎成勾子形狀。

右邊的異獸上半身如海馬，下半身則是由無數條觸手虯結而成，脊椎處突出一排三角狀的骨板，如同劍龍背部。

「是量級一，但感覺不對勁。」藍聆謹慎地注意著異獸動靜。

一般異獸是不會主動對人類產生敵意，它們只會做些讓人覺得很煩很煩的事，更遑論聽人命令。

「灰櫻都不對勁了，它們當然也不對勁。」橙華紅唇彎彎，橘眸鎖定住中央的灰髮女子。

「很像那晚的異獸。」墨連低聲說道，想起了在黑斗篷出現後，外形瞬間變猙獰的黑色水母。

「青小流說得沒錯，這是人為的狂暴化……嘖嘖，異獸的模樣本來就不太好看了，狂暴後更是傷眼睛啊。」橙華忍不住嫌棄。

對邊的異獸就像是聽懂她的話，憤怒地張嘴咆哮一聲，朝著三人衝去，灰櫻嬌小的身子一下子就被擋在後方。

「一人一隻，自己領走。」橙華舔了舔唇，唇角下的小痣讓她的侵略性更顯外放；修長的身子如同彈簧般地高高躍起，就像洞燭機先似的，戰斧斬向驟然出現的灰櫻。

黑色長刀與戰斧迅速咬在一塊。

柳葉刀與勾爪也各自迎上彼此的目標。

墨連與虎形異獸纏鬥起來，雙方像在比誰的爪子比較利，森森白光在半空中縱橫交錯。

藍聆則是與上身為海馬、下身為觸手的異獸交手幾此過後，確認對方就算狂暴化了，力量只與中級異獸差不多後，就放心地一手持刀，一手拿手機開始自拍起來。

墨連餘光瞥見，差點想一爪子往他身上抓去。

橙華也瞄到自家編輯的偷懶舉動，但那張豔麗的臉蛋卻不見怒意，甚至唇角揚起，笑得越發嫵媚了。

「灰櫻啊，沒想到好幾天不見，妳居然更可愛了。」她避開灰櫻揮劈下來的長刀，笑咪咪地稱讚道。

藍聆一腳踩住朝他拍過來的一條觸手，自拍的動作頓了一下。

「有一句話是這麼說的，戰鬥中的女人最美麗。」橙華將長柄戰斧點地，雙手握住斧柄，借力使力的一個騰空迴旋，長腿將急速逼近的灰櫻踢了出去。

但灰櫻的反應也很快，長刀往下一插，刀尖刮著地板，硬生生將她後飛的勢頭止了下來。

橙華落地後抄起武器，在手中轉出一道花俏的弧形，滿意地做出結論，「現在戰鬥中的灰櫻，可愛度感覺更勝藍聆『親愛的』一籌呢。」

「總編妳在開玩笑吧？」藍聆原本彎著的嘴唇瞬間抿直了，湛藍的眸子裡躍出競爭的火焰，「最可愛的人，當然只能是我親愛的！」

話落，他手中的柳葉刀霍然捅進海馬異獸的腦袋裡，再俐落地抽出，綠血如湧泉般噴灑出來，卻沒有半滴落在雪白的衣袍上。

墨連見狀，似乎不滿自己的進度不如人，勾爪越揮越狠，硬生生將虎形異獸巨大的身體撕扒得縮小一圈。

藍聆看也不看正如沙雕遇水般快速潰散的異獸，邁著高雅的步子，寬袖飄飄，一步步往橙華與灰櫻戰鬥的方向走去。在經過墨連時，他順道往虎形異獸身上送了一刀，讓對方的勾爪順利地扎進它的心窩。

走向橙華的這段短短路程，藍聆卻是走出了像在走紅毯的優雅氣勢，一舉一動都是如畫般賞心悅目。

「總編，妳覺得是她可愛還是我可愛？」他笑吟吟地問著橙華，一雙藍眸自始自終只盯著灰櫻不放，灼亮的眼神彷彿要噬人。

「當然是——可以打昏她的你最可愛啦。」

橙華往後一退，藍聆立即上前，兩人一前一後對灰櫻展開攻擊。有了藍聆加入戰局後，灰櫻的長刀迅速被壓制住，連再次拆解、組裝為步槍都做不到。

在橙華以身為餌、誘使灰櫻靠近時，藍聆冷不防出現在灰櫻背後，刀背敲向她的後頸，那力道又狠又重，將人徹底打昏。

「哎唷，很棒喔，果然是我們家的藍聆最可愛了，不愧是可以用可愛征服世界的美少年。」橙華啪啪啪的鼓掌，讚美之詞不吝惜的往外倒。

「我無法否認總編的話。」藍聆捋了下略長的藍色髮絲，揚起一抹美麗的笑。

墨連看他們兩人的眼神像看神經病，甚至覺得多看一眼都會讓她心情變糟，乾脆移開視線，大步往樓梯走去。

然而走沒幾步，她的神色猛地一凝。二樓有聲音，金屬武器碰撞出的清脆聲響不絕於耳，光聽就知道這是一場多麼激烈的戰鬥。

青流！她心臟一跳，想也不想就要衝上樓，下一秒卻驟見一抹青色從樓梯上摔落，伴隨著砸在地板上的重重悶響。

「青小流！」橙華臉上的從容一斂，急忙想要上前查看青流狀況。

「學長你還好嗎？」藍聆也匆匆趕來。

墨連先占了位置，迅速將青流摸一遍，確認沒有大礙後，緩緩起身，黑幽幽的眸子迸出尖銳的光芒。

然而目光在對上樓梯上的人之後，那張白瓷般的小臉罕見地露出一絲驚訝。

橙華與藍聆順著她的視線往上看，兩人也是一愣。

兩名外表一模一樣、一身華麗羅莉塔風格打扮的少女正笑吟吟地看了下來。一人髮色、眸色是淺淺的黃；一人則是有著粉櫻般的眼睛與頭髮。她們頰邊的酒窩帶著蜂蜜似的甜美，乍一看如同兩尊精緻漂亮的大型古董娃娃。

「蕾蜜……茜草……」橙華恍惚地念出兩人的名字，「為什麼妳們會……？」

「是她們。」青流晃晃腦袋，撐著鋼鞭站起。青色的長辮子變得凌亂，白色漢服也破了好幾道口子，整個人看起來頗為狼狽，但他很快就穩住身子，眼角吊高，惡狠狠地瞪向兩人。

藍聆還在思索他話中的意思，橙華已經先反應過來，頓地打了個激靈。

「你是說，讓異獸狂暴化、抓走編輯的人就是她們？」

她的聲音因為震驚而拔高，引得墨連與藍聆轉頭看向她，黑白分明的眸子與桃花眼內都閃過不敢置信。

「那個黑斗篷就是茜草。」青流舔去嘴角的血絲，看起來雖然沒有要立即出手的打算，但兩柄鋼鞭已無聲無息地朝蕾蜜與茜草而去。

然而坐在她們肩頭的小熊玩偶卻猛不防回過頭，毛茸茸的小小熊掌倏地變大，尖長的爪子打掉了疾射過來的鋼鞭。

「等下！哈尼跟潘尼居然會動？」橙華目瞪口呆地看著粉色與黃色小熊。

「妳的重點在這裡嗎？」青流想拿手裡的鋼鞭敲她腦袋，「我說黑斗篷是茜草！」

「我聽到了，但哈尼它們會擋住你的攻擊比茜草是黑斗篷更讓人驚訝吧。」橙華用著理所當然的口氣道，「至少那解釋了黑斗篷為何有辦法對編輯下手。」

因為身為櫃檯小姐的茜草可以調閱工會的編輯資料。

「對你下手的就該打。」墨連冷冰冰的接話，兩手的勾爪都彈了出來，像是憤怒的小獸要衝上去攻擊敵人。

「學長，我也附和小新人的話。」藍聆神色認真地說，兩把柳葉刀在蠢蠢欲動。

「妳給我冷靜點。你則是給我收斂點，不要趁機想打她們的臉。」青流眼明手快地揪住墨連後衣領，同時瞪向藍聆。這傢伙就是看比他可愛的人不順眼，一直等著機會出手。

青流身體還隱隱作痛，但現在只覺得心更累。明明他是被抓的受害者，為什麼現在要像個幼稚園老師般地管東管西？

蕾蜜彷彿在看著什麼有趣的事，抬起手捂住嘴角，笑得含蓄又甜蜜。

「橙、華。」青流磨著牙，擠出這兩字，要頂頭上司好好處理一下眼前狀況。

被點名的橘髮女子終於從兩隻小熊玩偶的身上收回視線，摸摸下巴，若有所思地說，「工會什麼時候開發出這麼高科技的產品了？可以自動感應攻擊並保護主人的機械小熊？」

「真是失禮，區區宿體哪能成為我等的主人。」蕾蜜說話了，聲音還是一貫的甜軟，自稱詞卻變得古怪起來。她肩膀上的小熊用黑鈕釦般的眼睛看向橙華，「居然會錯認我等的身分，我本來以為妳還會記得我等的。」

「我？記得妳們？」橙華疑惑地比著自己。

「總編妳真是……」藍聆斟酌地挑選用詞，「交友廣闊。」

「我看起來像是會認識布偶的那種人嗎？」橙華表示她可無辜了。

「我覺得總編妳就算認識外星人都不奇……」藍聆頓了頓，最後一個「怪」字還咬在嘴裡，他與橙華互看一眼，又迅速看向青流，動作出奇一致。

青流給了他們一記「恭喜你們終於抓到重點」的冷漠眼神。

「外星人？」墨連是唯一不清楚內情的人，她向青流遞去一記詢問的目光，後者回予一個「晚些解釋」的眼神。

粉色頭髮的少女一步步走下樓梯，她右手腕到手肘的部分套著銀色臂甲，手裡握著魔法杖，杖頭的寶石雕刻成半綻的花苞狀，花瓣閃爍出森森寒光。

「是的，我等來自異星。」茜草柔聲說道，她的自稱詞就跟蕾蜜一樣，「原本想要客客氣氣地與你們商談投資出版業的事，卻遭到你們的無禮對待，甚至將我等驅逐出去；但是我等一向寬宏大量，這一次便決定採用比較溫和的手法。」

「去你的溫和！」青流諷刺地挑高眼角，「都侵門踏戶直接綁架人了，還要假裝自己很有禮貌？」

「我等給過你機會的，青流。」蕾蜜倚著樓梯扶手，甜甜一笑，「放棄反抗就不會受到傷害，乖乖在床上睡一覺多好。睡醒了，一切就塵埃落定。」

「是睡醒了，就變成妳們的宿體，像蕾蜜與茜草那樣，任憑妳們操控吧！」橙華已經把所有事都釐清了，倒提著長柄戰斧越過青流，站在最前面迎上茜草，「妳們異星人看不慣我們的低俗文學又想要壟斷書市，所以就把主意打到編輯身上，讓他們成為妳們的宿體，既不會被察覺，又可以自然而然的融入出版界，還有現成的人脈與經驗供妳們使用。」

「妳說得沒錯。要不是妳太難下手，我等最開始是想選擇妳的。」茜草惋惜的說，「聰明、多金、有人脈，只需要把妳的個人意志抹去，就是最完美的宿體。」

「沒有個人意志是要怎麼做書。」青流嗤之以鼻，「每一本書都是編輯個性與專業的反應。」

「我等不需要你們的個性。」蕾蜜接著說，「我等只需要你們的專業，來幫助我等製作出最符合母星標準的書籍。」

「色情的、暴力的、怪力亂神的、政治的、宗教的、倡導不切實際理念的，嚴格禁止。」

「我等要幫助你們淨化這個出版界。」

「每個作者都需要自我審查。」

「以期達到全年齡覆蓋的完美境界。」

茜草與蕾蜜的表情是滴出蜜似的甜美，嘴唇一張一合，語速極快，卻又完美地連結在一起，聽起來彷佛只有一個人在說話。肩上的小熊還歡快地鼓著掌。

「馬的，說不要宗教，結果妳們更像是某種邪教。」青流嫌惡地說，這種論點還在一天內被強迫聽了兩次，真是不舒服。

「那我們要開始剷除邪教了嗎，學長？」藍聆轉了下手腕，目光在蕾蜜與茜草臉上來回梭巡。

「我比較好奇的是，妳們是什麼時候滲透工會的？又是如何讓編輯們主動離職的？」

橙華將長柄戰斧橫在下屬前方，說著說著就自問自答起來。

「啊，是茜草突然支持蕾蜜做法的那個時間點吧。我猜妳們那時候才終於把我們的結界戳出一個小洞進來，既然妳們可以操控她們兩人，那操控其他編輯去遞辭呈也輕而易舉。」

她一說，青流就想起好幾個月前，茜草她們突然跟小熊玩偶形影不離。那時候有編輯問起，兩人只說這是她們互送彼此的生日禮物，因為太喜歡了才會隨身帶著。

「異獸狂暴化又是怎麼回事？」墨連質問，聲音透出絲絲寒意，「妳們為何能操控異獸？」

「那其實是個美麗的意外。」茜草笑容可掬地解釋道。

站在她身後的蕾蜜半垂著眼，唇邊噙著笑，在青流等人看不到的角度，手指正在勾勒出一個個圖騰。

「我等本來是想試試能不能靠外力來提升它們等級，沒想到力量是提升了，量級數卻沒有變化。既然不能成為我等心中的大手，那就物盡其用地當個消耗品好了，反正我等不需要沒有商業價值的東西。」

「至於操控，初級異獸還不夠強大到抵擋我等的腦波。」

「也就是說，中級以上的異獸妳們還使喚不了。不錯不錯，這是我今天聽到最高興的事了。」橙華得到想要的訊息，滿意地一勾嘴角，暗暗開啟魔法少女（少年）三十級以上才能擁有的腦內溝通能力，半徑雖然只有三公尺，但足以讓她聯繫上青流了。

『青小流，茜草給我，蕾蜜給你。不要客氣儘管打，打死算我的！錯過這次，以後想再揍她可就沒機會了啊！』她大力煽動青流的戰鬥心。

『馬的，妳說得我都心動了。』被煽動的那人面上波瀾不顯，但手指已攥緊鋼鞭，眼裡迸出光芒。

他瞄了眼樓梯上的淡黃髮色少女，卻見她笑得詭譎，周邊空氣出現細緻的震動。

就在此時，異變發生了！

編集者は魔法少年

[Scene VIII]

MAGICAL BOY EDITOR

誰也沒注意到周邊景色是何時變化的，大廳的輪廓逐漸模糊，像被一層朦朧的霧籠罩著，能見度大幅度降低。

就算變身後提升了五感敏銳，但青流窮極了目力去眺望，也難以捕捉到茜草她們的身影。他眉頭緊皺，手中的鋼鞭試探性地往前一甩，卻是打了個空。

好在這個狀態只維持一會兒，就像風吹拂過一樣，那些似紗似霧的東西開始變得稀薄，周邊色彩越漸清晰。

當霧氣全部散去，青流發現自己所在處並不是工會的一樓大廳，而是全然陌生的環境。青紅黃黑四個顏色像被小孩子隨手亂灑的顏料一樣，胡亂分布在周遭，有部分疊在一起時又會組合出其他顏色，甚至閃現出鮮豔的螢光色。

一時間五彩繽紛、配色魔幻，看得人眼花繚亂。

青流眨了下眼，不只覺得眼睛痛，還難以承受這種亂七八糟的美感。如果身邊有美編在的話，對方一定會尖叫喊出「這些用色是怎麼回事，機器很難印出來啊」的話。

好在人是適應力極強的生物，這些色調看著看著居然也看習慣了。青流環視一圈，正搜索著橙華等人的蹤跡時，一道熟悉的呼喚從不遠處傳來，嗓音剔透。

「青流！」

穿著黑色漢服的少女小跑到他身邊，長袖晃動如荷塘上的漣漪，黑白分明的眸子關切地凝著他不放。

「沒事吧？」青流關切地問道。

「應該沒事，你幫我看看。」墨連仰起小臉蛋，甚至還主動往前一步，張開雙手，想讓他看得更仔細一點。

被央求的那人沒有多想，飛快的將她從到腳打量一遍之後，開口問道：「其他人呢？」

「沒看到，只有你跟我。」墨連伸手比著自己，又比向青流。

「還有我喔。」

嬌柔的咯咯輕笑無預警地響起，像是在身邊，又像是在遙遠的彼端，一時間難以判斷遠近。

那充滿標誌性的甜軟感讓青流眼神一厲，周身氣質尖利得像是迸出刺，他從牙關裡擠出那人的名字。

「蕾蜜！」

就見有著淺黃髮色與眸色的女孩款款走來，笑得甜蜜又柔軟，整人彷彿是鮮奶油與蜂蜜的混合，香甜氣息撲鼻而來。

她肩上仍舊坐著黃色小熊哈尼，先前劇變的熊掌已經恢復原狀，兩隻小爪子放在身前，乖乖巧巧，看起來就是一隻女孩子會喜歡的可愛玩偶，令人難以生起絲毫防備心。

若不是親眼見識過小熊哈尼會笑會鼓掌，又聽到蕾蜜用著第三人稱的說法稱自己的身體為「宿體」，青流根本想像不到它們的真實身分是外星人。

好一個內部滲透，還挑上了理念本就偏激、支持編輯狩獵編輯的蕾蜜。

如果不是去打探灰櫻消息時，從她對面的住戶那邊獲知黑斗篷的存在，幾名資深編輯與主編的離職就算會引起注意，也不會讓人往她們是被迫的方向想。

面對青流充滿敵意的目光，蕾蜜不以為意，甚至還捏著兩邊裙角，彎身做了一個屈膝禮。

「你好，青流，你應該稱呼我『哈尼』才對。」

「誰理妳啊！」青流的回應是一記中指，「既然用了蕾蜜的身體，妳現在就是叫蕾蜜。」

「既然你這麼堅持，為了表示我的誠意，我就先用宿體的力量與你戰鬥吧！」

黃髮少女輕輕鬆開裙角，銀色臂甲剎那間覆蓋住右前臂。

她雙手在虛空一抓，兩只圓形環刃閃現出來。那是一種大半圓弧都是利刃的武器，只有一小段才是用手柄連結起來，方便使用者握持。

環刃看起來寒氣森然，但少女拿著它的動作就像是在拿小扇子般的俏皮可愛，她對青流笑得越發甜了，甜得讓人發膩又發寒。

青流注意到，這個顏色雜亂的空間這瞬間也跟著波動了一下，很細微，但已經足以讓蕾蜜後方的色塊被渲染開來。

「這個空間也是你們異星人開發出來的？」青流一手背在後方，無聲地對墨連下達指令。

墨連面無表情，但早已繃緊神經，尖利的勾爪蓄勢待發，等待揮出的那一刻。

「是的，當然是。」蕾蜜踮起腳尖，像跳舞一樣在地上劃出一道半弧，一點也不介意替青流解答，「這是異星人所擁有的特殊能力，建構出屬於我等的專屬空間，只有打敗我等，你們才有辦法脫離。」

青流盯著她，冷不防迸出這麼一句，「妳人真好。」

蕾蜜有些懵，沒想到眼前的長辮子少年開口的第一句話不是嚴厲斥責而是稱讚。

「我就是喜歡你們這種自信到願意自掀老底的反派。」青流露出森白的牙，像野獸在咧嘴獰笑。

他非常清楚蕾蜜與茜草之所以在大廳時對他們侃侃而談，甚至願意揭曉這個奇異空間的由來，是因為她們有著絕對自信。

自信自己就算浪費了一點時間，還是可以完全壓制青流等人。

而青流一向樂於挑戰別人的自信，並且輕手打碎。

蕾蜜很快回過神，甜甜的臉蛋又重新掛上笑靨，淡黃色的眸子閃過一抹譏諷，那眼神和黃色小熊看青流的眼神一模一樣。

「當年橙華都打不過我了，你以為你就能辦到嗎？」

她與小熊同時開口，兩人的聲音疊合在一起，一時間竟分不清楚是誰在說話。

「那還不簡單。」青流笑得野蠻，眸光熠熠，戰意在裡頭燃燒著，準備燒成一場燎原火，「一次暴力無法解決的事，就用兩次！」

話音還殘留在空中，他已迅雷不及掩耳地衝出去，兩柄鋼鞭在手，另兩柄鋼鞭則遊走在半空中。

蕾蜜手裡的環刃迅速迎上，兩人撞擊在一塊，青眸與淡黃色的眼睛對視。

「說！這幾個月的事情是妳還是她搞出來的？」青流步步緊逼。

「她是我的宿體，我的思考即是她的行動。」蕾蜜嬌笑，一只環刃與青流的武器咬合在一起，一只環刃則是打飛從側邊突襲來的鋼鞭；與此同時，黃色小熊也揮出大爪子打掉另一鈀鋼鞭。

「既然是妳搞的鬼，那老子就可以放心出手了。反正現在操縱蕾蜜的身體是妳，我揍得心安理得，她就算恢復過來也沒地方說理去！」青流眼裡閃爍著凶光，笑得猙獰。

「你就不怕對我的宿體造成傷害嗎？」蕾蜜唇邊的笑意斂了些，出口威脅。

「妳不知道我們的感情有多差嗎？」青流冷笑，「選擇宿體前做好功課可是基本事項啊。」

在環刃套住青流的鋼鞭後，他立即往後退開，自動捨棄武器，在兩柄暗金色鋼鞭消失的下一秒，他手一甩，又有新的鋼鞭現於掌中。

「實在太感謝妳給我這個機會揍蕾蜜，我保證可以手下留情地把妳揍到十分之九殘。」青流的臉上染著凶煞之氣，彷彿夜叉降臨，又彷彿出閘的獸，掙開束縛，肆無忌憚地展開反撲。

蕾蜜臉上的表情一僵，原以為可以用這具身體牽制住青流，沒想到對方根本不買帳，甚至迫不及待地對她出手。

少了工會大廳的那些擺設，這個顏色雜亂的空間反而讓青流如魚得水，身形敏捷如靈蛇，鋼鞭劃出一道道暗金色的殘影，晃得人目不暇給。

如果只有青流一個人，蕾蜜或許可以沉著應戰，但是藉著空間暗處遮掩身影的墨連就像一枚未爆彈，時不時突然冒出，唰地朝她肩上的黃色小熊抓去。

力道又狠又凶，彷彿巴不得將小熊的肚子抓裂，讓棉絮噴飛。

青流則是操縱四柄鋼鞭，對手往哪裡跑，鋼鞭就往哪邊疾衝，無比順從地聽從主人指示。明明只有兩人之力，蕾蜜卻覺得自己好似對上一組戰鬥小隊，原本的從容不迫被一絲絲剝開，露出深處的躁動。

小熊玩偶雖然可以把熊掌變成巨大的爪子，但是坐在蕾蜜纖薄的肩頭上，動作不免左支右絀，無法全力發揮，一時間擋得狼狽。

墨連與青流彷彿配合過無數次，兩人默契良好，一個眼神、一個手勢就可以傳達指示。當然，大多時候是青流發出號令。

環刃又一次被鋼鞭隔擋住，蕾蜜一腳踹開青流，卻沒想到對方一個折身，鋼鞭冷不防從她左腳掃過，鞭擊在上，燒出火辣辣的疼痛感。

她甜美的臉蛋閃過扭曲，攻勢越來越急躁，武器對撞的聲響像驟落的大雨，連綿不絕。

墨連又隱去身子，那些如同潑墨山水的黑與白是她的保護色，完美地掩住了她的身影。青流則漸漸地將蕾蜜逼向暗處，鋼鞭靈活地纏上環刃，手腕施著巧勁，強制將蕾蜜的雙手架開，飄在空中的另外兩把鋼鞭即刻俯衝而下。

黃色小熊迅速揮掌打掉朝它而來的武器，另一側卻成了空出來的漏洞，墨連覷準機會，一爪子捅去！

她本以為能將這個毛茸茸的東西捅個對穿，沒想到黃色小熊竟然從蕾蜜的肩膀上跳了下去！

它一脫離，那名氣勢洶洶的黃髮少女立即閉上眼，手腳一軟，像斷了線的木偶軟倒在地。她的環刃還與青流的鋼鞭卡在一起，差點害得青流一起倒下。

青流見狀，快速地挑開環刃，穩住重心，看向彷彿失去意識的蕾蜜，一句關切也沒有，二話不說就先卸了她肩膀與手臂關節。

墨連想要對黃色小熊趁勝追擊，一道光芒卻猛不防炸開，她不得不停下腳步，反射性抬手擋在眼前。

青流同樣也被這道強光波及，但他擔心墨連出事，即使眼睛快要睜不開，還是依循著先前的記憶，伸手將黑白髮色的少女拽到身邊，四柄鋼鞭環繞在他們周遭當作屏障。

光芒消失，黃色小熊的身影也消失了，取而代之的是一隻體型碩大如小山的怪物。

牠通體淡黃，有著熊頭、獅身，眼睛是渾濁泥濘的黃色，尾巴頂端帶有一根如同蠍尾的利刺，背上則是兩只肉翼，張開時覆著薄膜。

怪物咧開大嘴，發出一聲震耳欲聾的咆哮，尖銳的三排牙齒露了出來，模樣猙獰駭人。

另一邊，橙華的長柄戰斧要朝著粉色長髮少女劈下時，朦朧的霧氣猝不及防地湧出，轉眼間就遮蔽了眾人視線。

她隱隱感覺到整個空間似乎震顫一下，但很快的，那種晃動感就消失了，連輕飄飄的霧也迅速散去。

然而，眼前的景色卻是陌生的。不見櫃檯、桌椅與長長的紅地毯，四周盡是雪白，如同無邊無垠的雪地，又像是被四面白牆所包圍住。

「總編。」藍聆的聲音忽地傳來。

橙華一開始還沒看到人，這裡白茫茫的，藍聆也是一身白，一不注意就會跟周遭的白融在一塊。

她眨了幾下眼，才發現藍聆站在離自己不遠的地方。

但是只有藍聆而已。她轉了一圈，都沒看到青流與墨連。

她稍一思索就推測出雙方應該是被刻意隔開了，只是不知道這個空間是誰製造出來的，蕾蜜？還是茜草？

藍聆與橙華併肩站在一起，下一秒，卻見一個個黑字從雪白中冒出，越冒越多，越冒越快，像是有人在瘋狂打字一般——

夏品的眼淚嘩拉拉地飆出，可是尚未獲得飛行能力的她不管腦內跑過多少行問候作者的字眼，卻始終無法阻止悲劇的發生。

眼見書裡的第一女主角即將結束她的花樣人生……噢，在夏品的嚴正抗議下，更正為年青有為的男主角即將要跟這個世界的所有御姐道別，踏上黃泉之路——

這時，夏品忽地感受有什麼東西驟然拖住她的身體，將她緊緊攬住，颳在耳邊的風聲也跟著乍然而止。

這觸感、這溫度！夏品睜開眼，十根手指頭張得開開的，從指縫看出去，最先映入眼簾的是一堵寬厚結實的胸膛，那充滿力道的肌肉線條真是讓夏品看得羨慕嫉妒恨，多想咬個小手帕哭訴上天的不公平。

一開始，夏品還以為是梅芯終於良心發現前來救援，公主抱什麼的就暫且將它忽略吧，但是再仔細一看，她赫然發現對方穿的是一襲黑色軍裝，而非墨綠色的⋯⋯

「咦？這不是青小流正在審的『霸道主編愛上我』嗎？」橙華發出了發現新大陸般的吃驚語氣。

「真是失禮，這可是我宿體所寫的『戀愛吧！美少女』。」穿著華麗蘿莉塔洋裝的粉色長髮少女慢悠悠地出現。

她對著橙華微微一笑，頰邊的酒窩看起來甜絲絲的。

如果青流在場，一定會各白她們一眼，沒好氣地罵道：聽妳們放屁！小說名字明明就叫做「進擊吧！戀愛中的幼女」。

不過橙華並沒有與茜草爭論書名誰對誰錯，她以更吃驚的語氣問：「等等，妳說這是誰寫的？」

「我、的、宿、體。」茜草一字一頓，眉眼彎彎，笑得又甜又純淨。

「真沒想到，茜草居然有投稿給我們星輝啊。」橙華摸摸下巴。

編輯獲得稿子的管道有兩種，一是靠作者自己投稿，二是由編輯去狩獵異獸，再透過獲得的紅珠子去向該位作者邀稿。由於異獸量級意味著一定的銷量保證，所以大部分編輯並不會把心思花在主動投稿的作者上。投稿作者的稿子尚未過稿時，編輯自然也不會去關注對方的個人資料。

「啊，不過錯字有點多。」橙華摸摸下巴，眼角餘光仍然沒有從茜草身上挪開。

她神態輕鬆，但其實已經做好隨時開戰的準備。

茜草手一揮，又有更多文字從白霧中冒出，像一隻隻黑色小蟲在蠕動、排列。

瞧著橙華專注地盯著新出現的段落，她淡粉色的眸子帶著愉悅。

「根據我這幾個月的了解，我知道你們編輯這種生物看書喜歡先摸紙再看書腰、文案與版權頁，一看到錯字就渾身不對勁。這麼高錯字率的文章，妳能忍受嗎，橙華？」

「能啊。」橙華笑咪咪地打斷茜草的話，「這篇又不是我在審的，如果是青小流，一定會如妳所願地被這些字影響。偏偏妳遇上的是我，我這個人審稿只管劇情，錯字都會自動忽略。」

她說得理直氣壯，還故作可惜地搖了搖手指。

茜草被噎了下，臉色有點難看，白色空間裡的字也黯淡了些。

藍聆則是趁著橙華與茜草還未開打，舉起手機先來幾張自拍，沉醉自己在螢幕裡的美貌中，眼神痴痴多情。

茜草沒有預料到橙華在看到多不勝數的錯字居然還能無動於衷，根本就不像是一個正統的編輯，美眸頓地沉了下來；但想了想，又覺得這樣的神色不符合這具身體，於是嘴唇彎起，重新露出一個甜甜的笑，魔法杖驟然往橙華攻擊過去，杖頭的寶石雕刻成半綻的花苞狀，尖銳如冰柱。

粉色小熊站在茜草肩上，垂在外側的熊掌變得巨大，在她與橙華距離猛地縮短的瞬間，也朝著橙華揮出去。

長柄戰斧既是斧也是槍，橙華先是架住了茜草的魔法杖，又俐落地一轉，格擋住粉色小熊的巨掌。在小熊的巨掌打算捏住斧柄之際，她借力使力地往上一撐，一雙修長美腿狠狠踹向茜草！

茜草連忙往後弓身避開突襲，粉色小熊也不得不鬆開熊掌，但還是忿忿地朝橙華揮出爪子，並夾帶威脅性的低吼。

「反應變慢了喔，茜草。是不是辦公室坐太久，沉迷追美劇，忘了定時鍛鍊一下？這樣不行呢，妳忘記編輯很容易得痔瘡跟視力變差的嗎？」橙華邊說邊打量茜草，末了還建議道，「我們公司有團購葉黃素，妳要不要跟團？可以算妳八五折優惠價。」

「少在那邊鬼話連篇了。」茜草冷哼一聲，目光輕蔑地回視她，「八年前妳打不過我，八年後妳以為多了個資歷才兩年的編輯就能打贏我嗎？」

「八年前，原來總編妳已經過了……」藍聆後幾個字還沒說完，鋒利的戰斧猛不防橫掃過來，逼得他不得不後退一步，才沒有讓雪白的頸項上出現傷痕。

「抱歉抱歉，不小心手滑了下。」橙華笑得正直無比，彷彿她不是真的想要讓人血濺當場。

「總編妳誤會了，我只想說原來妳已經過了十八歲。」藍聆從善如流的改口，「芳華正茂，與可愛無雙的我是最佳組合。」

「不錯不錯，真會說話。」橙華拍拍他的肩，「我欣賞你。」

藍聆正打算趁機合照一張，好讓對方襯托出他的嬌小可愛，耳邊已捕捉到獵獵風聲，強勁的風壓朝他們掃來——

他與橙華立刻一左一右地分開，魔法杖幾乎是零時差的朝中間位置砸下去，地面被砸出一個凹陷下去的圓坑，裂痕如蛛網般蔓延開。

橙華腳尖蹬地，率先提著長柄戰斧朝茜草揮砍過去。

藍聆衡量了一下自己單薄的身體，決定當個盡職的後援。柳葉刀被他當作小刀射出去，雖然擾亂了茜草流暢的攻勢，但三不五時也會影響到橙華的出招。

「妳真是帶來了一個好幫手啊！」茜草嘲笑，故意與橙華近身纏鬥在一起。

兩人打得難分難捨，上一秒可能是橙華占了上風，下一秒茜草又用魔法杖壓制回去；而粉色小熊更是抓準機會左揮右劈，那狠勁像是巴不得抓下橙華身上的一塊肉。

這樣下去可不行。橙華心思一轉，在魔法杖朝她下盤掃來時，假意重心不穩地向後傾倒，長柄戰斧順勢撞向茜草，同時鞋尖狠蹬她手腕，逼得她吃痛地鬆開了手。

抓緊鬆手的瞬間，橙華施力將魔法杖踢飛出去，力道精準巧妙，只聽咻一聲，魔法杖如箭般朝藍聆的所在位置斜射過去，險險擦過他臉頰。

還在找機會擲出柳葉刀的藍聆只覺得頰邊一陣刺痛，他還未意識到發生什麼事了，橙華大驚小怪的嚷嚷已先一步響起。

「哎呀，藍聆，你的臉受傷了！都是茜草不好，她這個人實在太陰險了，居然忍心偷襲你這個世界第一可愛的美少年！」她毫不心虛地顛倒黑白，把錯全推到茜草身上。

藍聆反射性抬手摸摸臉頰，在摸到幾滴血珠子後，桃花眼裡的繾綣柔情全部褪得一乾二淨，整個人煞氣騰騰。

「妳弄傷我的臉，妳居然敢……弄傷『我親愛的』臉！」他每一字都帶著怒意，眼神陰狠，再不復先前柔弱無害的樣子。

茜草畢竟不是熟悉每個編輯個性的那個「茜草」，只覺得他這番話說得莫名其妙，根本人格分裂。她也不在乎橙華把髒水潑到她頭上，召回自己的魔法杖，冷冷威脅。

「弄傷你的臉又如何？我還可以再替你多弄幾道傷口。」

這句話讓藍聆徹底炸了。

橙華笑容滿面地看著他提起柳葉刀衝上去，那勢頭如同瘋了的狂犬要撕咬獵物，她也迅速投入戰場，與藍聆聯手。

一個是戰鬥經驗豐富的魔法少女，一個是被憤怒燒掉理智的魔法少年，兩人現在的共通點就是打起來不管不顧，下手狠厲。

面對雙武夾擊，茜草發現自己被壓制住，內心惱怒了起來。這個空間與她的情緒連結在一起，感受到她的憤怒後，無數個黑字如洪水般噴灑出來，根本看不清楚在寫什麼，就層層疊疊地覆在一起，像是凌亂的塗鴉。

眼前的亮白逐漸轉為幽暗，彷彿陽光驟然被烏雲遮住。

她心神動搖間，藍聆已無聲無息地繞到她身後，一把柳葉刀作勢要側斬過來，粉色小熊連忙伸掌擋住，第二把柳葉刀卻在下一秒就要直直捅向它的肚子。

「可惡，可惡啊！」粉色小熊張嘴大吼，它終於從茜草肩膀上高高跳起，避開鋒利的刀子，一圈耀眼刺灼的光芒瞬間籠罩住它。

茜草也在同一時間癱倒在地，魔法杖從手中滾了出去，被橙華穩穩踩住。

當白光終於消逝，一聲尖銳的嘶鳴聲傳來，熊首鳥身的巨大怪物張開翅膀，居高臨下地俯視橙華與藍聆。

「嗨，潘尼。」橙華露出有點懷念的表情，「你還是跟八年前一樣醜得讓人不忍直視。」

「閉上妳的臭嘴！」熊首鳥身的怪物拍動翅膀，數支羽毛疾射而出，「我等只是想要淨化你們這個星球的出版業，掃蕩低俗文學，你們為何要一而再、再而三地阻止我等？」

「你不知道嗎？當你真心想完成一件事的時候，全世界都會來——」橙華轉著長柄戰斧打掉驟然金屬化的羽毛，笑容張揚明豔，從紅唇吐出三個字。

「搞死你！」

以青紅黃黑四色為基底的空間裡，曾有著黃色小熊模樣的哈尼化作熊頭獅身的恐怖生物與青流、墨連戰在一塊，嘴裡的三排牙齒喀喀喀地咬斷好幾根鋼鞭，尾巴的蠍刺更是時不時就朝兩人扎去。

青流越打越戰意高昂，青色眼眸亮得懾人，動作狠辣狂暴，根本不在乎鋼鞭被咬斷幾根，他甚至用那些斷裂的碎片當作武器直接往哈尼身上捅。

熊頭獅身的生物體型龐大、皮糙肉厚，面對用鋼鞭用得得心應手的青流，牠以爪子、蠍刺為武器，踏著轟隆隆的步伐朝青流衝去。

那感覺就像是一座小山迎面砸來，磅礡驚人的氣勢看得人心裡發怵。

但那是對其他人而言。

青流笑得猙獰，現在的他如同掙脫束縛的野獸，盡情追捕，啃噬獵物。

鋼鞭在他手裡像劍像槍，更像是狡猾靈敏的毒蛇，路線刁鑽古怪，專挑敵人的脆弱處咬，更別說他還有墨連這個援手。

大部分時候墨連就像消失似的，存在感降到最低，在敵人被青流引去注意力時就冷不防跳出來抓下對方一塊肉。

「該死的！該死的！」哈尼氣急敗壞地吼，尾巴掃向趁隙偷襲牠的墨連，卻被她靈敏地閃避開來，「你們這些食古不化的愚蠢人類，為什麼不能理解我等的偉大理想？」

「剝奪我們創作自由的理想嗎？」青流嗤之以鼻。

「比起自由，當然是賺錢更重要！」哈尼咆哮，前掌用力拍擊地面，空間裡的顏色變得更加混濁，「你們開不起的價格，我等都能開，就算是百分之二十一的版稅也沒有問題！」

「沒問題個頭！不懂行情不就不要裝懂，百分之二十一是什麼鬼數字，多百分之一你是要當手續費嗎？」青流的鋼鞭在地面甩出一記響亮的聲音，眼角吊高，臉上的狠意更重了。

「哈，惱羞成怒了！」哈尼嘲笑，嘴裡的三排牙齒無預警朝他咬去．

青流一邊疾步後退，一邊將鋼鞭射進牠張開的血盆大口中，逼得哈尼不得不先閉合牙齒，咬碎那堅硬的金屬武器，以免喉頭被戳出一個洞。

牠呸一聲吐出鋼鞭碎片，居高臨下地睨著青流，「習慣了高稿費之後，那些作者根本不會想回到你們出版社，還不是得乖乖跪下來叫我等爸爸，就算是白陌也得聽我們的。」

「他不會。」原本隱藏起來的墨連忍不住現身反駁。

「不過是個新人編輯，妳以為妳對這個業界有多了解？」哈尼根本不把她看在眼裡。

「我了解他。」墨連回答地毫不猶豫，卻在說下半句時頓了下，「我是他……

青梅竹馬。」

青流忍不住看她一眼，發現墨連每每提到她與白陌的關係時，總是會卡住，這兩人究竟是有多少糾葛啊？

「青梅竹馬，真是可愛的關係。可惜有了紫陽後，我等就不需要妳這種新人編輯來拉攏白陌了！」哈尼咧嘴嗤笑，一掌拍向青流，卻在他反射性跳開時，猛地轉身撲向另一邊的墨連，一雙色澤混濁的黃眼睛充滿不懷好意。

牠不想再針對青流了，牠要將那個擾得牠煩躁不堪的小蟲子先弄死！

「飛上去！」青流大喊一聲。

墨連聞言，問都不問就往空中飛，嬌小的身子如飛燕輕盈敏捷，她上升的高度不斷提升，下方則是緊追不捨的哈尼。

兩隻巨大的肉翅完全展開，肉色的薄薄皮膜近幾透明，每次搧動都會捲起一股氣流。

青流瞇著眼，看見熊首獅身的哈尼與墨連的距離在急速拉近，他手裡的鋼鞭消失了，取而代之是四柄鋼鞭懸浮在墨連身旁。

「沒用的，你以為光靠這種東西可以保護她嗎？」哈尼嘎嘎大笑，張嘴就要咬向墨連的腳。

「誰說這是要保護她？」青流不馴的咧嘴一笑，眼裡迸出凶暴的光，「這是要捅死你啊！」

他手指一彈，鋼鞭猛地往下墜落，那勢頭又快又急，一旦穿過哈尼的翅膀就馬上消失，然後再次從高處浮現。

往往復復，宛如在牠頭上下了一場小範圍暴雨，將兩片肉翅扎出無數個洞，硬生生把哈尼打落。

牠一落地的瞬間，兩柄鋼鞭力道凶猛地釘住牠的翅膀，兩柄鋼鞭則是由下往上戳進牠柔軟無防備的腹部，將裡頭的臟器攪得亂七八糟。

劇烈疼痛在體內炸開，千瘡百孔的翅膀連抬起抬不起來，哈尼痛苦地呻吟著，看著輕巧走過來的青流，第一次對這名身材纖細的長辮子少年產生了懼意。

眼前的人才是披著人皮的怪物。

哈尼可以感受到深深扎在腹部裡的鋼鞭忽然消失，堵不住的鮮血就像湧泉般的從傷口裡奔流而出，身下很快就蔓延出一大片的濕濡，讓牠膽顫心驚。

「怎麼可能？當年橙華都打不贏我等，為什麼你卻……」牠瞪大的雙眼裡是不解與駭然，「你明明輕易地就被我的宿體抓走了，甚至連那隻狂暴化的異獸都……」

牠本來想說出「打不過」三字，然而牠在看見輕輕落在青流身邊的黑白長髮少女時，倏地意識到了什麼。

那一晚，青流是為了保護墨連才會綁手綁腳，今天卻不同了，牠自己提供一個可以讓青流盡情施展能力的空間，又讓墨連有機會藏匿行蹤。

最重要的一點，青流雖然對蕾蜜——牠的宿體——下手看似不留情，但還是有一絲底線在的；可是對上恢復原形的牠，底線就完全消失了。

那是赤裸裸的殺意。

「像你這樣的人……為什麼要、要屈居在橙華之下？」哈尼喘著氣，不甘心地問道，「明明比她還要強大……」

「比她強又不等於比她會選書、做書。」青流鄙夷地的邏輯，「最重要的是，她有錢可以開出版社，我沒有。」他話一落，淡青色的眼睛就看向墨連。

墨連意會，跳到哈尼碩大的熊頭上，兩手猛然握拳往下搗，將尖長的勾爪送進去，齊根沒入。

哈尼再也不會動彈了。

不過是一眨眼間，紛雜的色彩都散去了，青流與墨連重新回到了工會的一樓大廳。除了他們之外，一併出現的還有橙華跟藍聆。

地上倒著兩隻像是被開膛剖肚的小熊玩偶與失去意識的蕾蜜、茜草，另一邊的灰櫻正慢吞吞地坐起，一邊揉著後頸一邊茫然地東張西望，外加自言自語道：「有人在我睡覺時偷打我嗎……為什麼我全身都在痛？」

青流暫時沒有理她，他的注意力都被藍聆吸引過去了。

總是保持著優雅姿態的少年看起來極為狼狽，頭髮亂七八糟的，衣服也有多處破損，臉上甚至還有一道傷口。

那可是自戀到天上地下絕無僅有的藍聆，這朵大水仙居然捨得讓臉受傷，太不可思議了！

「茜草的魔法杖弄傷了他的臉。」橙華湊過來，附在他耳邊嘀嘀咕咕。她說的是實話卻又不是完全的真相，差別只在於不要提到自己也是幫凶。

青流這下子就明白自家學弟為什麼會變成這樣，因為破相，所以火大了，然後潘尼就遭殃了，完美的等式成立。

「好心機。」他意有所指地瞥了橙華一眼。

「你在說什麼，我怎麼都聽不懂呢？」橙華笑得一臉純良，拿出手機打算聯絡外頭的女僕，砰砰砰的敲門聲忽地激烈響起。

「喂！有沒有人在外面？我們被鎖住了，誰快來幫我們開個門！」

「老天，這門是什麼做的？居然砸不開。」

「讓開，換我試試。」

「欸欸欸，妳小心一點，鎚子不要揮到後面的人。」

此起彼落的聲音從櫃檯後方的小門傳出，橙華與青流對視一眼，拔腿就往聲源處方向衝去。

一打開門，先前試圖破門的人就先重心不穩地跌出來，手中的鎚子沒拿好，差點敲到自己的腳，還好青流的動作快，鋼鞭一甩，直接把鎚子抽到旁邊去。

隨後小房間裡又跑出好幾個人，全是之前無故離職並失蹤的編輯，包含紫陽在內。

「一、二、三、四……」橙華站在門邊開始點名。

藍聆根本不想管她們，拉了張椅子坐下，一邊用手機當鏡子，一邊整理起自己的儀容。

青流則是探頭往房裡看了看，房間很小，還沒有對外窗，牆邊放著幾個箱子，全都用紅筆寫著一行字——

「重要！茜草的收藏。不要碰，碰了男人會陽痿，女人會更年期。」

「我靠，是有多大的仇啊……」

青流咋舌，他早就聽說茜草喜歡收藏歷屆特殊貢獻編輯的周邊，像是寫真集、模型、大掛軸、抱枕、棉被、浴巾等等，因為東西實在太多了，所以才把一部分珍藏品放到工會裡。

沒想到這裡就是關編輯的小房間。

青流突然有點慶幸小房間應該是客滿了，所以茜草才把他丟到二樓的資料室，不然光是那道特殊金屬做成的門就足以困住他了。

他朝等候在另一邊的墨連走去，還有幾步遠的距離時，就見一名個子與橙華差不多高、外表冶豔的女子跑向她，笑容滿面地緊抱她一下，然後又用力拍著她肩膀。

「沒想到會在這裡看到你。白陌，你是來救表姐的嗎？」

青流的腳步頓住了，墨連的臉色也僵住了。她就像做壞事的小孩子被抓到似的，兩隻手緊緊捏著裙子，長而翹的睫毛快速地撲閃著，看起來慌張又無措。

「紫陽，妳剛剛喊她什麼？」青流慢條斯理地開口，「我是不是聽到白陌兩字？」

「是啊是啊！好久不見了，青流，什麼時候再去喝一杯？」紫陽轉過身，對著他露出大大的笑，也想給他來一個熱情的擁抱。

墨連迅速把她扯向身後，自己上前幾步來到青流面前，低著頭，卻又透過睫毛的縫隙偷偷覷著他，眼裡覆著一層濕漉漉的水光。

「對不起，我不是故意要瞞著你的，我怕你知道我的身分後就不願意帶著我了……至於為什麼會到出版社工作，是因為我想寫的新書題材與出版界有關，所以紫陽表姐就建議我到明月應徵……」

她的聲音低低輕輕的，還有一點楚楚可憐的味道，手指緊張地揪住青流袖子，怕他真的頭也不回地走掉。

青流捏著眉心，不能否認墨連說的是實話。如果他知道眼前的小新人就是大神白陌，而且是為了取材而進明月，他大概就會直接放生對方了。自己工作都做不完了，誰還有閒情逸致用血汗去帶一個待不久的短期編輯，還是隔壁家的。

聯繫完其他理事的橙華也注意到這邊的動靜，她唇角翹了翹，大步走來。

「青小流，蕾蜜她們的事交給我們處理，你就跟白陌好好談談吧。」她一手搭著青流的肩膀，一手抓住墨連的後衣領。

「馬的，妳果然知道他是誰！」青流皮笑肉不笑地看著她，「什麼先想好的新企劃，明明是看到對方後才臨時決定的。」

橙華只當作沒聽到，動作迅速地把兩個人推進茜草用來放收藏品的小房間裡，砰地關上門，語氣親切地說：「來，沒有什麼事是關一個小黑屋不能解決的，你們就盡情地在裡面袒裎相見吧！」

「靠夭，我一個編輯為什麼要被關小黑屋？妳給我說清楚！」青流不爽地反駁。

「因為你旁邊有作者啊。」橙華說得義正詞嚴。

這句話太有邏輯，青流被堵得一時語塞。他臭著一張臉打開電燈，雙手環胸地睨著像是想把自己縮成一團的墨連。

「我說你……」青流一開口，就發現對方震顫了一下，肩膀反射性縮緊，彷彿受驚小鹿般抬起腦袋，委屈巴巴地瞅著他不放。

青流嘆了口氣，都要搞不清楚誰才是受害者了……啊呸呸呸，弄錯詞彙了，他們根本沒有什麼加害與受害的關係，最多就是……好吧，就是沒有來一場開誠布公的溝通，一個瞞著人，一個也沒有細問，結果最後真相出爐，場面尷尬。

「你先變回來我們再來談。」青流撫額道。

墨連猶豫了下，最後還是心一橫，當著青流的面解除了變身。白色的光絲迅速將她包裹在內，嬌小的身形在光芒中不斷抽高，甚至到了青流必須抬頭仰視的高度。

當一縷縷光絲倒捲著回到金色手環中時，出現在青流前方的是一名身形高大、五官冷峻的男人，臉龐線條彷彿刀削斧刻的深邃，一雙鳳眼狹長凌厲。

照理說應該給人一種望而生畏的距離感，但此時的男人卻可憐巴巴地低頭瞅著青流不放，拘謹得連雙手都不知道往哪裡擺。

青流目測一下彼此的身高，忍不住抿起唇，眉頭皺起，天生的凶惡樣讓他看起來更不高興了。

墨連忙不迭再次抓住他袖角。

將懸殊的身高差丟到一邊，青流飛快地閉了下眼再睜開，調整好情緒，決定先來就事論事。

「先不談你其實是去明月取材這件事，來講講你不肯解除變身的事吧。白陌平常根本不露臉，出席座談會也戴口罩，你根本不需求擔心我會認出……」

他頓了一下，想到自己曾在咖啡廳外憑著那一雙標誌性的鳳眼認出白陌，輕咳一聲，若無其事地繼續分析。

「依常理來說，我是認不出你的另一個身分，你解除變身後對我而言也就是一個新來的男編輯，你根本不用一直維持這個樣子。」很容易讓他被誤解為誘拐未成年少女的不良男人。

「女孩子的我可愛，你比較喜歡。」墨連認真地說。

青流有點想翻白眼了，「老子看過比你更可愛的。你知不知道你從頭到尾瞞著性別不說，我只會以為你跟藍聆那傢伙一樣是個只愛自己變身模樣的水仙花。」

「我不是。」墨連忙不迭為自己解釋，「我喜歡的是……」

青流不客氣地截斷他的話，「我都帶過藍聆了，你覺得我帶新手會介意你是男是女嗎？」

說到這邊，他話鋒一轉，眼裡有精光閃過。

「既然如此，我們就來談談新書的事吧，你說過可以寫一本書給我們星輝的。」

原本青流對與白陌合作一事是抱著順其自然的態度，又擔心墨連與白陌可能有什麼糾葛，不願她欠下人情債。既然是同一個人的話，現成機會送到眼前，不把握就不是個好編輯了。

青流很樂意當個好編輯。

編集者は魔法少年

[Scene IX]

MAGICAL BOY EDITOR

經歷過異星人內部滲透的事件後，出版工會將「門」徹底檢查一遍，真的發現了一個小洞，隨即派人將「門」的堅固度加強再加強，務必要讓異星人連洞都打不了。

除此之外，工會也嚴禁內部人員刻意灌輸個人想法去影響編輯，無論是要狩獵作者或是狩獵編輯，都必須由編輯自己決定。

由於蕾蜜與茜草是在不知情狀況下被異星人利用，所以工會未對她們做出嚴懲，僅是讓她們減薪半個月。

蕾蜜暫時無心去在意薪水被扣，因為她發現一件更可怕的事——

「誰！是誰用我的名字去登記出版社的！」她一反以往在人前的溫柔可意，憤怒的尖叫在工會裡遲遲不散，甚至連髒話都爆出口，「這他媽的是有多恨我啊啊啊啊！」

「冷靜，姐姐。」茜草慢條斯理地喝著茶，柔聲安撫，「找一天去註銷就好了，反正妳也沒有那麼多資本。」

蕾蜜還沉浸在自己前輩子一定是造孽太多才會被人逼去開出版社的衝擊中，茜草給了姐姐一道關愛的眼神，目光又重新挪回小筆電上，細白手指敲打著鍵盤，喀噠喀噠地帶出一串悅耳音節。

她已經想好下一本要投稿的小說內容了，就是「頂級異獸與魔法少女的禁忌之戀盛綻於夜色中」，完美。

而那些辭職的資深編輯與主編也回到原本的工作崗位上，因為消失了一個禮拜之久，現在是忙得腳不沾地，心情鬱悶指數簡直要突破天際了，看到小熊玩偶都恨不得手撕爆它們。

灰櫻的相親自然是無疾而終，但她也不在意，畢竟一開始她就是受人情所迫。在知道對方已經心有所屬後，她白天努力工作，晚上心安理得地在家裡當一條米蟲。

星輝文化今日也是正常運轉。

藍聆上班一心二用，一邊看稿一邊看放在桌上的雙人相片。他現在喜歡使用拍照定時功能，分別拍下變身前與變身後的照片，再將其合成為一張。相貌俊雅的美青年與雌雄莫辨的白髮少年站在一塊，看起來就像一對情侶，愛上自己的程度堪稱喪心病狂。

橙華仍舊喜歡帶著自己家的一票女僕呼啦啦地來、呼啦啦地走，並且繼續將培養好的女僕投入到其他出版社裡，成為自己最忠心的眼線。

她的豪華大宅出產的下午茶擄獲不少作者的胃，連帶也讓作者們自願簽下合約。身兼會計之職的老管家總是目光慈愛地看著她，同時鍥而不捨地將空白結婚證書夾在文件裡，對於湊合她與青流一事還是不死心。

至於青流，此時他正在與紫陽通話中，商討墨連（筆名是白陌）的事。

青流把主意打到墨連從未碰過的小說類型上。

一聽到青流的提議，紫陽就像是長期飽受荼毒後終於獲得解脫一樣，毫不猶豫地就把表弟拱手讓人。

「送你送你，他寫的愛情小說簡直是垃圾，我看得眼睛都要瞎了。你若是能把他的稿修好，愛情小說這一塊讓給星輝我也無所謂！」

「說定了。」青流勾起唇角，一錘定音。

不管是威逼或利誘，他一定會讓墨連乖乖交出一本能大賣的愛情小說。

——《編輯是魔法少年》完

高寶書版集團
gobooks.com.tw

輕世代 FW280
編輯是魔法少年

作　　者　酒月酒
繪　　者　さくしゃ2
編　　輯　林思妤
校　　對　任芸慧
美術編輯　林鈞儀
排　　版　彭立瑋

發 行 人　朱凱蕾
出　　版　英屬維京群島商高寶國際有限公司臺灣分公司
　　　　　Global Group Holdings, Ltd.
地　　址　臺北市內湖區洲子街88號3樓
網　　址　www.gobooks.com.tw
電　　話　(02) 27992788
電　　郵　readers@gobooks.com.tw（讀者服務部）
　　　　　pr@gobooks.com.tw（公關諮詢部）
傳　　真　出版部　(02) 27990909　行銷部 (02) 27993088
郵政劃撥　50404557
戶　　名　三日月書版股份有限公司
發　　行　三日月書版股份有限公司/Printed in Taiwan
初版日期　2019年9月

國家圖書館出版品預行編目(CIP)資料

編輯是魔法少年 /酒月酒著.-- 初版. -- 臺北市
: 高寶國際, 2019.09-
冊；　公分. --

ISBN 978-986-361-710-5(平裝)

863.57　　108010126

三日月書版

三日月書版

GOBOOKS
& SITAK
GROUP©